수필, 날다

수필공방문학회 동인지

제2집

수필, 날다

대양미디어

두 번째 동인지를 내면서

수필공방문학회 대표 김태헌

〈수필공방문학회〉 동인지 제2집을 발간하면서 벅찬 마음을 가눌 수 없습니다. 바쁜 일상이지만, 좋은 글을 쓰겠다는 행복한 꿈을 향해 한 걸음씩 내딛는 발자취가 의미 있고 사랑스럽기 때문입니다. 동인지 제1집을 받아 들고 기뻐하던 문우들의 모습이 잊히지 않습니다. 물방울이 모이면 바다를 이루고, 작은 물방울이 계속 떨어지면 바위도 뚫는다는 사실을 확인했습니다. 글쓰기와 퇴고를 반복하면서 1년 동안 거둔 성과는 기적이 아니라, 꾸준함이 보여준 쾌거로 아름답고 눈부십니다. 시작은 미약하였으나 놀라운 성과를 이뤘다는 사실에 가슴 벅차오름을 감출 수 없습니다.

지난 4월에 개최된 '제39회 부천복사골 예술제 백일장 공모전'에서 이매희 선생님과 손도순 선생님이 당당하게 수상자로 이름을 올렸습니다. 유난히 더웠던 여름에는 김애란 선생님이 '제16회 복숭아문학상 전국 공모전'에서 최우수상을 거머쥐어 문우들의 부러움을 사면서 청량감을 느끼게 하였습니다. 전통과 권위를 자랑하는 '제21회 부천신인문학상 공모전'에 박은실 선생님께서 1명에게만 영예가 주어지는 수필 부문 신인 상을 수상함으로써 커다란 기쁨과 보람을 안겨주었습니다. 그야말로 〈수필공방문학회〉 문우들께서 꿈을 펼치며 맘껏 하늘을 날아올랐습니다. 동인지의 제2집 제목인 〈수필, 날다〉는 회원들이 수필을 통해 알바트로스처럼 날개를 활짝 펴고 하늘 높이 나는 의미를 상징으로 삼았습니다.

글쓰기는 언제, 어디서, 무슨 일을 하든지 도움 되는 능력입니다. 자신과 주위를 사랑으로 보듬어주고 응원하는 마음을 표현할 수 있기 때문입니다. 자연과 사물을 예사로 보지 않고 따스한 시선으로 살피고 이해하는 데도 도움이 됩니다. 글쓰기는 힘이 센, 자기 위안의 반석이기도 합니다. 글을 쓰면서 내 안에 똬리를 틀고 깊이 숨어있는 상처를 꺼내어 마주 보면서 위로하고 다독이며 치유할 수 있습니다.

수필 쓰는 과정은 공방(工房)에서 나무를 깎아 공예품을 만드는 것에 비유합니다. 글감을 매만지고 치대어 공글리는 과정이 장인(匠人)이 오래 남을 명품을 만드는 것과 같기 때문입니다. 글을 세상에 내놓으려면 문장을 다듬으면서 더 나은 표현으로 고치고 품격 있는 어휘를 선택하여 끊임없이 매만져야 좋은 글로 읽힙니다.

서로를 격려하고 응원하면서도 경쟁하는 아름다운 꿈을 응원합니다. 단단하고 세련된 문장으로 전달력이 좋은 글을 쓰기 위해 노력하는 문우들에게 박수 보냅니다.

2024. 12.

| 목차 |

발간사   /004

김태헌   두 번째 동인지를 내면서

참여 작가

김애란   /009
            달콤한 추억 · 흰뺨검둥오리 · 물꽃 추상화
            늦깎이의 도전 · 비비추

박은실   /035
            무지개 언덕에 핀 꽃 · 질경이 · 한가위
            외로운 길 · 알프스 티롤 여행기

손도순   /067
            산수유 · 열무김치 · 필경사
            인생 이모작 · 등이 굽은 대나무

윤은숙   /093
            노란 민들레 · 빗속을 걸었다 · 마중물
            설악산 진드기 · 참깨 수확

이매희 /114

봄까치꽃 · 숨어드는 바람 · 능쟁이
풋사과 · 특별한 생일

이재훈 /137

도망자의 산책 · 다음 역은 인연입니다 · 질주
땀이 건네는 말 · 숨바꼭질

이흥근 /156

어머나, 맙소사 · 거울 · 영화 '인천상륙작전'을 보고
참외 · 장가계를 다녀와서

김태헌 /176

행복을 읽는 시간 · 여뀌의 노래 · 공존의 그늘
쥣골 가는 길 · 순천은 맛있었다

회원 동정 /204

편집 후기 /205

김애란

수필가, 서양화가, 상담심리사, 미술심리치료사

경력:

인천 남구치매통합관리센터 미술심리 강의 외 다수
인천 다문화지원센터 미술심리치료사
초등학교 방학특강 문화예술학교 미술 심리 강사(서울 선유초등학교 등)
초등학교 교사 유화동아리 그림여행 유화 강사(부천 역곡초등학교 등)
부천 주부 유화동아리 그림여행 유화 강사(부천 상동)
주한 미8군 한남빌리지 미군 가족 성인유화클라스 유화 강사
미군 가족 청소년 미술클라스 미술 강사
성인 대상 미술심리상담(10년 이상)
콩나물신문 〈김애란의 명화로 보는 색채심리〉 25회 연재(완)

현재) 〈수필공방문학회〉 사무국장

수상:

제16회 복숭아문학상 전국 공모 최우수상(2024년)
제2회 한국디지털문학상 전국 공모 동상(2023년)
제20회 광명전국신인문학상 장려상 수상 및 등단(2022년)

달콤한 추억

복숭아는 그리움이다. 아가의 발그레한 볼살 같은 복숭아가 먹음직스럽다. 연분홍빛 황도를 한입 베어 물자, 연주황빛 속살에서 단물이 뚝뚝 떨어진다. 오래전 시골에서 맛본 황도처럼 달콤한 사랑이 스며 있다.

미술 교과서에서 박수근 화백의 '복숭아' 그림을 보았다. 물감을 여러 겹 입힌 우툴두툴한 캔버스에 아홉 개의 복숭아를 그렸다. '왜 아홉 개일까?'라는 궁금증이 생겼다. 아마도 화백은 자신의 인생을 열에서 하나 부족한 아홉으로 여긴 게 아닐까. 가난했던 화백은 승승장구하기를 꿈꾸었으나 그의 소박한 그림은 당시 화려한 일본풍이 판치던 화단에서 눈에 띄지 않았다.

박 화백의 질박한 복숭아 그림은 내 아버지의 삶을 닮았다. 태어날 때 몸이 약했던 나는 방안에만 있었다. 까치발을 하고 창밖으로 얼굴만 빼꼼히 내밀고 재미있게 노는 친구들을 부러워했었다. 이를 안쓰러워하시던 아버지는 집안에서 그림을 그리며 나와 놀아주셨다. 초등학생이 된 딸을 위해서 미술 숙제도 도와주셨다. 나의 엉성한 그림에 아버지는 식탁

보의 레이스도 꼼꼼히 그려 넣고 복숭아를 다홍색으로 맛깔스럽게 색칠하셨다. 그 그림은 교실 뒷벽에 걸렸다. 그때부터 나는 복숭아를 좋아했다. 수줍음이 많았던 나는 늘 외톨이였다. 달달한 복숭아는 외로운 마음을 살포시 달래주었다. 꿀 빛이 도는 황도를 보기만 해도 군침을 흘렸다. 한 입 깨어 물면 과육이 입안에서 황홀한 마술을 부렸다. 정신없이 먹다가 얼굴에 과즙 범벅을 해도 마냥 즐거웠다. 부드러움과 달콤함은 '괜찮아.'라고 속삭이며 따뜻하게 품어주는 포옹 같았다.

아버지는 빠듯한 월급에 네 자녀의 교육을 걱정하셨다. 주식을 하면서 점점 작은 집으로 옮겨 다니더니 전세금마저 잃었다. 아버지는 화를 이기지 못하고 날마다 약주를 많이 드셨다. 알코올중독은 이성의 끈마저 놓게 했다. 술에 취해 집에 오시면, 그날 밤은 폭풍전야였다. 우리 네 남매는 가슴 졸이며 숨바꼭질하듯 숨어있거나 자는 척해야만 했었다.

우리 가족은 빛도 거의 들어오지 않는 달동네의 지하실 방에서 살았다. 아버지는 땡빚으로 자녀를 모두 대학에 보내셨다. 엄마는 종일 중환자를 돌보는 간병 일을 하며 학비와 생활비를 감당하셨다. 아버지는 뜬금없이 아무 연고도 없는 당진으로 내려가셨다. 시골에서 가축을 기른다는 말에 불안감이 앞섰다. 나는 가족을 가난의 늪에 빠트린 아버지를 마음에서 밀어냈다. 비참한 현실에서 도망치는 무책임한 가장이라고 생각했다.

어느 뜨거웠던 여름, 나는 내키지 않았지만, 엄마와 함께 아버지를 찾아갔다. 비닐하우스에 방 한 칸이 있었고, 주변에 돼지우리와 뒤란에는 고구마, 오이, 고추 등을 키우는 텃밭이 있었다. 주렁주렁 열매를 맺은 복숭아나무도 우리를 맞았다. 아버지가 술을 끊었다고 하셨지만, 아무런 기대도 하지 않았다. 아버지는 농사일이 처음인 내게 소쿠리를 내밀며 고추를 따오라고 하셨다. 뙤약볕에 밀짚모자를 쓰고 고추밭으로 갔다. 이마에 땀방울이 쉴 새 없이 흘렀다. 괴로운 마음을 꾹꾹 누르며 고추 꼭지를 똑똑 땄다.

아버지는 소쿠리에 가득한 고추를 보시고 쓴웃음을 지으셨다. "꼭지 딴 고추는 허옇게 변해. 아무짝에도 쓸모없어."라고 말씀하며 그대로 땅바닥에 쏟아버렸다. 갑자기 머릿속이 하얘졌다. '왜 미리 알려주지 않았어요?'라고 묻고 싶었지만, 차마 그럴 수 없어서 속으로만 삭혔다. 나는 씩씩거리며 다시 고추밭으로 갔다.

불볕더위에 내 두 뺨은 홍고추처럼 빨갛게 익어갔다. 잔뜩 인상을 쓰며 고추를 따고 있을 때 아버지께서 바구니에 복숭아를 한 아름 담아 오셨다. "덥지? 이거 방금 딴 거야."라며 솔로 싹싹 문질러서 황도를 건네주셨다. 단물이 입안 가득 차올랐다. 달콤함에 불평이 녹아내렸다. 아버지는 복숭아를 맛있게 먹는 나를 흐뭇하게 바라보셨다.

갑자기 내 눈시울이 뜨끈해졌다. 가족과 떨어져서 사느라 얼마나 외로우셨을까. 아버지는 꼭두새벽부터 밤늦게까지 고군분투하셨으나, 하시는 일마다 운이 따르지 않았다. 꿩을 키웠으나 팔 길이 없었고, 돼지를 길렀으나 그해 전염병이 돌았다. 계속되는 실패로 가족에게 미안해하신다는 걸 깨달았다. 술까지 끊으며 마지막 용기를 내시는지도 몰랐다.

아버지의 마음을 읽었다. 잘살아 보려고 애를 썼으나 고통만 안겨주었다. 복숭아를 건네는 따뜻한 마음과 내리사랑에 울컥했다. 아버지의 미안함과 사랑이 섞인 황도를 먹으면서 속으로 울었다.

아버지는 정성으로 키운 채소나 고춧가루를 가족에게 보내며 즐거워하셨다. 가슴 아프게도 간암으로 예순을 코앞에 두고 영면하셨다. 고달팠던 아버지를 한번 안아드리지 못한 것이 두고두고 후회스러웠다. 하늘에서는 편히 쉬시기를 기도했다.

이제 나도 눈을 감으신 아버지의 나이에 가까워졌다. 실패했다고 아버지를 가족에서 밀어낸 나의 좁쌀 같은 마음이 죄송스럽다. 이제야 아버지를 이해한다. 박 화백의 아홉 개의 복숭아처럼 아버지의 열에 하나 모자란 삶도 귀함을 깨닫는다. 아버지는 가난을 통하여 소중한 정신적인 유산을 남기셨다. 어떠한 고난에도 꿋꿋하게 살아내며 사랑하는 사람을 위해 사는 법을 알려주셨다.

엊그제 꽃등을 켠 복사꽃이 분홍빛으로 물들었는데 복숭아가 익어간다. 팔순 노모와 함께 탐스럽게 영근 복숭아를 맛보며 도란도란 옛 추억을 나눈다. 맛있게 황도를 먹는 나를 보고 행복해하시던 아버지가 눈에 선하다. '아버지, 사랑해요. 오늘따라 당진에서 먹었던 달콤한 황도가 그립네요.'

– 제16회 복숭아문학상 전국 공모 최우수상 수상작 –

흰뺨검둥오리

설핏하게 해가 기운다. 서서히 남청빛에 잠기던 하늘이 은은한 연회색으로 물들다가 귤빛으로 번진다. 부드러운 파스텔톤의 노을에 마음을 적신다. 가슴이 설레고 포근한 마음이 차오른다. 오리 떼가 자취만 남긴 노을빛 하늘을 날아간다.

굴포천을 산책하면서 잊을 수 없는 광경을 보았다. 물길을 막아 공사 중인 물가에 흰뺨검둥오리들이 헤엄을 쳤다. 쑥대밭이 된 수풀과 파헤쳐진 흙더미에 큼직한 굴착기가 자리를 차지했다. 생활 터전을 빼앗긴 오리들에게 괜스레 미안한 마음이 들었다.

물가로 내려가서 흰뺨검둥오리 떼를 지켜보았다. 몸은 갈색인데 배 부분은 거무스름했다. 하얀 뺨에 연갈색 부리 끝은 물감이라도 칠한 듯 노란빛을 띠었다. 십여 마리는 친구나 가족인 듯 떼 지어 다녔다. 몸집이 가장 큰 오리가 무리의 대장인 것 같았다.

털빛이 연하고 몸집이 작은 오리 한 마리가 눈에 들어왔다. 무리와 떨어진 오리는 급하게 흙 위로 뒤뚱뒤뚱 올라왔다. 빙글빙글 제자리를 맴돌더니 뭔가 결심한 듯 다시 물가로 들어갔다. 그때였다. 갑자기 두어 마리가 매섭게 달려들었다. 깜짝 놀란 오리는 육지로 급하게 허둥지둥 쫓겨 나왔다. 몇 번을 그러더니 무리와 조금 떨어진 곳에 거리를 두고 물에 살며시 들어갔다. 대장 오리가 홱 돌아서서 이를 지켜보자, 나도 모르게 머리가 쭈뼛 섰다. 큰 오리는 바람을 가르며 쏜살같이 쫓아와 왜소한 오리를 사정없이 쪼아댔다. 작은 오리는 포기했는지 물가에 얼씬도 하지 않았다. 멀찍이서 무리를 바라보는 눈빛이 애처로워 보였다. 순간 가슴이 먹먹해졌다.

굴포천의 아웃사이더 오리는 B를 닮았다. 하얀 뺨과 마른 모습이 비슷했다. 나는 특정 종교의 교육 단체에서 '미술심리치료'를 담당했다. 선생님이 또래와 어울리지 못하는 B의 상담을 내게 부탁했다. 처음에 학생은 바위처럼 단단한 방어막을 쳤다. 나를 빤히 바라보기만 하며 밝은 척 꾸미고 마음을 숨겼다.

소소한 이야기라도 들어주고 맞장구를 쳐주면서 그에게 서서히 다가갔다. B는 여전히 마음을 감추었지만, 나는 그림을 통해 그의 상한 마음을 들여다보았다. 친구들의 따돌림이 심했고, 억울함을 풀지 못해서 분노가 마그마처럼 부글부글 끓었다. 화가 날 때마다 샌드백을 친다고 했다. 손등에 볼록볼록 솟은 뼈마디마다 굳은살이 박여 있었다. 손목에 면도칼로 그은 상처가 셀 수 없을 정도로 많았다.

시간이 흘러 신뢰가 쌓이자, 학생은 자초지종을 털어놓았다. B는 계속

되는 또래의 심한 욕설과 때론 폭력을 당하면서 마음과 정신이 주저앉았다. 환청이 들리고 환상이 보일 정도였다. 괴로움에 쉽게 잠들지 못했고 몸과 마음과 정신이 사막처럼 황폐했다. 절망할 때마다 손목이나 허벅지를 칼로 그으며 묘한 안도감을 즐기곤 했다. 안쓰러웠다. 도움이 간절했지만, 종교에 심취한 부모는 자녀의 아픔을 들어도 믿어주지 않았다. 단체를 떠나 일반 학교로 전학을 가고 싶다고 졸라도 모른 척했다. 선생님조차 그를 가해자로 몰아갔다.

TV 프로그램인 〈동물의 왕국〉에서 동물들의 잔인한 왕따 문화를 본 적이 있었다. 외톨이가 되어 무리와 떨어지면 마지막은 쓸쓸한 죽음뿐이었다. 굴포천의 오리는 무엇 때문에 무리에게 미운털이 단단히 박혔을까. 작고 희뿌연 털 색깔 때문일까. 아니면 친구의 먹이를 빼앗았기 때문일까.

B는 굴포천의 작은 오리처럼 골칫덩어리로 여겼다. 의사에게 정신과 치료를 받지만, 나아지지 않았다. 내게 상담을 부탁했던 선생님이 학생의 상태를 물었다. '견뎌낼 힘이 없고 하루빨리 쉬어야 해요.'라고 말했다. 황당한 답변을 들었다. 이 종교의 창립자가 세운 기숙학교는 '에덴동산'이라며 잘못될 수 없다고 못 박았다. 오히려 B의 불신앙이 이런 일을 키웠다며 회개해야 한다고 주장했다. B의 말을 다 믿지 말라고 내게 당부까지 했다. 선생님이 '단체를 떠나면 죽는다.'라며 B에게 무조건 참으라고 했다고 들었다. 억장이 무너졌다.

강쇠바람이 매섭게 불던 날이었다. 양 볼이 얼얼할 정도였다. 작달비라도 내리려는 걸까. 하늘이 온통 시꺼먼 먹빛이었다. B의 낯빛이 창백했다. 선생님들은 종교에 염증을 느낀 B가 단체를 떠날까 봐 노심초사했다. 종교의 굴레는 뒤틀린 현실을 정의롭다고 믿도록 만들었다. 피해자를 가해자로 몰아세우는 모습에 아무런 도움도 줄 수 없었다. 속상했다. 다행스러운 소식을 들었다. 학생의 얼굴에 화색이 돌았다. 이번 학기만 마치고 학교를 그만둔다고 했다. 드디어 부모의 허락이 떨어진 것이었다. 상담하면서 조심스럽게 끊임없이 부모에게 힘든 점을 말하고 부당한 대우에 참지 말라고 가르쳤다. 학생은 건물 옥상에 올라가서 자살소동을 벌였다. 그 충격으로 부모는 마음을 돌이켰고, B는 자유를 찾았다. 학생은 생일에 아무런 축하도 받지 못했다고 서글퍼했다. 단체를 떠난다는 사실에 실망한 부모마저 생일 케이크조차 사주지 않았다며 눈물을 글썽거렸다. 안쓰러웠던 나는 B가 평소 읽고 싶어 했던 책 〈위대한 개츠비〉 한 권과 케이크를 선물했다. 속박을 끊고 뛰쳐나가는 그를 응원했다.

짙은 남색 하늘에 오렌지빛이 번진다. 선명하게 떠오르는 주황빛이 아침을 알린다. 흰뺨검둥오리 떼가 물가에서 졸고 있다. 작은 오리 한 마리가 무리에서 벗어나 물살을 헤치고 수런수런 날개를 치며 물 위를 미끄러지듯 날아간다.

물꽃 추상화

파도는 추상화가다. 화가가 캔버스에 페인트를 뿌리듯 파도는 모래 위에 새하얀 물감을 철썩철썩 쏟아댄다. 물꽃이 춤추듯 해안가에 그림을 그린다. 모래사장에 박힌 실패의 흔적에도 덧칠을 해댄다. 낡은 배가 물너울에 흔들린다. 배에 부딪힌 거품이 푸르스름한 과거를 하얗게 부순다.

바닷가의 모래톱에 오롯이 서서 바다 내음을 맡았다. 바닷바람에 옷이 풍선처럼 부풀었다. 모래 알갱이처럼 누리끼리해진 옛 추억이 두둥실 떠올랐다. 짠 내에 찌든 허름한 배 뒤로 보이는 감빛 산에서 고뇌의 메아리가 울려 퍼졌다. 오래전 쓰라렸던 기억이 아련히 피어났다.

J는 단짝이었다. 미술대학교 동창으로 늘씬하고 서글서글했다. 살갗은 투명한 유리 같아서 다정한 마음씨를 비추는 것 같았다. 친구들에게 스스럼없었던 그녀와 달리 나는 사람을 피해 다녔다. 작달막하고 통통한 몸매가 부끄러웠다. 수줍어서 사람들의 눈을 똑바로 마주 보지도 못했다. 입학부터 졸업까지 교실에서 각 조에 네 명씩 자리를 정해서 그림을

그렸다. 같은 조였던 J는 쭈뼛거리는 내게 살가웠다. 푸근한 그녀에게 마음을 터놓기 시작했다.

알콩달콩 지냈다. 우리는 학교 근처의 빌라 지하실에 방을 구해서 화실로 꾸몄다. 빠듯한 용돈으로 잘금거리며 월세를 냈다. 화실은 비좁고 유화물감과 테레핀 냄새로 어질어질했지만, 포근했다. 화가의 꿈을 키우며 힘든 줄도 몰랐다. J는 바다 풍경을 즐겨 그렸고 나는 동물의 뼈에 푹 빠졌다. 밤새워 그림을 그리고 고민도 나누며 젊음을 불태웠다.

질투의 너울이 불어닥쳤다. 교수님은 내 그림보다 그녀의 그림을 칭찬했다. J는 예쁜 외모와 둥글둥글한 성격으로 늘 사람들에게 둘러싸였다. 외로웠던 나는 동아리에 열심을 부렸고 그녀에게도 가입을 권했다. J는 얼마 지나지 않아 리더로 뽑혔다. 부러웠다. 작은 일에도 뾰족해졌고 자주 심술부렸다. 우리 사이는 슬슬 녹이 슬기 시작했다. 소금기에 삭은 쓸모없는 낡은 배 같았다. 그녀는 뜨문뜨문 화실에 왔다. 짙은 외로움이 어둠에 잠긴 바다처럼 무서웠다. 마치 껍데기를 잃어 우왕좌왕하는 소라게처럼 움츠러들었다.

푹푹 찌는 여름이었다. 선풍기도 없는 화실에서 물고기의 배를 갈라서 그림을 그렸다. 썩어가는 내장이 엉킨 덩굴 같은 내 마음처럼 느껴졌다. 화구를 가지러 온 J는 역겨운 냄새에 코를 틀어막았다. 부패한 생선 색깔이 된 보랏빛 방구석에 넌더리를 냈다. 바로 짐을 쌌다. 나는 단짝을 잃은 분노와 홀로 남겨진 좌절을 두 손에 움켜쥐었다. 서러움을 꾹꾹 눌러

숨겼다.

J의 결혼식에 초대받지 못했으나 섭섭하지 않았다. 바쁘다는 핑계로 마음속에서 그녀를 서서히 지워나갔다. 바람도 불지 않는 장밋빛 탄탄대로만 걷던 그녀에게 세찬 파도가 휘몰아쳤다. 갑작스럽게 불치병에 걸려 쓰러졌다고 들었다. 몸에서 구리를 배출하는 기능이 망가진 '윌슨병'이라고 했다. 고왔던 얼굴은 우중충한 납빛으로 물들었고, 오랜 기간 투병했다. 마음 한구석이 불편했으나 끝내 병문안을 가지 않았다.

물너울에 허우적거렸지만, 스스로 헤쳐나오고 싶었다. 이를 악물었다. 보란 듯이 강해지기 위해서 젖 먹던 힘까지 쥐어짰다. 알랑거리는 앙심의 올가미에 걸려 속앓이할 때마다 힘겹게 벗어나곤 했다. 교활한 우울과 충동적인 좌절에 맞섰다. 인간관계에 관한 책을 쌓아놓고 읽었다. 심리치료도 배우며 자신을 알아갔다. 여행으로 다양한 사람들과 만나며 모나지 않는 삶을 배웠다. 세월이 흘렀다. 어느덧 아픈 마음을 토닥이는 미술 심리치료사로서 살고 있다.

아버지가 세 번의 암 수술로 고통당하실 때였다. J가 불치병에도 끈질기게 삶을 놓지 않고 나았다고 들었다. 비결이 궁금했다. 양심에 찔렸지만, 용기 내어 전화를 걸었다. 내가 밉지도 않았나 보다. 전화기 너머로 들려오는 그녀의 목소리는 따뜻했다. 진심으로 자신이 체험한 건강한 치료법과 식이요법을 세세히 알려주었다. 아버지는 친구의 도움으로 좀 더 건강을 누리시다가 돌아가셨다.

우리는 간간이 연락을 주고받았다. J는 바닷가에 터를 잡았다며 하룻밤 묵어가라고 했다. 분홍 벚꽃과 노란 황매화가 흐드러지게 핀 마당으로 들어섰다. 그녀는 환한 미소를 지으며 나를 맞았다. 삼시세끼를 푸른 바다가 내려다보이는 탁 트인 마루에서 먹었다. 유기농 밥상은 꿀맛이었다. 저녁노을에 얼굴이 주황빛으로 물들 때까지 긴긴 이야기를 나누었다.

J는 당뇨병의 급성 합병증으로 고생했다고 말했다. 평생 안고 가야 하는 병이라는 의사의 말에 울컥했단다. 남은 인생을 바닷가에서 보내고 싶어 했다. 퇴원하고 건강한 먹거리를 공부하며 병원에도 꾸준히 다녔다. 쥐꼬리만 한 남편의 월급을 한푼 두푼 모았다. 바닷가 마을에 땅을 조금씩 사서 마당이 있는 집을 짓기까지 십수 년이 걸렸다. 아늑한 내 집 마련의 과정은 위태위태했다. 딱한 사정을 뻔히 아는 사람에게 사기당해서 시세보다 세 배나 많은 땅값을 치렀다. 다져진 집터가 홍수로 쓸려 내려갔으나 여유가 없어서 몇 년간 기초공사만 한 땅을 애타게 바라보았다고 털어놓았다.

모진 파도를 견디고 강해진 인생은 불가능을 몰아냈다. J는 꿈결 같던 보금자리를 마련하며 건강을 되찾았다. 힘들게 했던 사람들을 하나둘 마음에서 내려놓았다. 바싹 마른 모래사장이 파도에 휩쓸려 한결 보드라워진 것처럼 그녀도 평안을 되찾았다. 나의 옹졸했던 과거에 용서를 구했다. 그녀로부터 "다 지난날이야."라는 상냥한 한마디를 들었다. 뭉클했다. 빙그레 미소 지으며 삼박삼박하는 눈을 바라보고 나도 멋쩍게 따라 웃었다. 딱딱한 막돌 같던 미숙함과 미안함이 아이스크림처럼 사르르 녹아내렸다. 강함은 벨벳 같은 부드러움에서 온다는 사실을 새삼 깨달았다.

자그마하고 동글동글한 새하얀 눗덩이가 쉴 새 없이 해안선에 붓질한다. 물꽃으로 그린 추상화가 은빛으로 반짝거리다가 사라진다. 밀려온 파도가 과거를 말끔하게 지운다. 갈매기가 하늘을 평화롭게 날아다닌다.

늦깎이의 도전

마라톤은 설레는 놀이터다. 뜀박질이 심장을 흔들어댄다. 온몸 가득 흙내와 땀내가 스며든다. 달리면서 나약함을 쓸어낸다. 여리여리함도 치운다. 뛰면서 과거의 흔적을 무심무심 지운다. 실컷 놀고 기쁨을 목에 걸고 해실해실거린다.

'2024 블루런마라톤 대회'가 11월 10일 일요일에 열렸다. 보건복지부의 후원을 받은 한국당뇨협회가 11월 14일 '세계 당뇨의 날'을 기념하여 개최한 행사였다. 공식 색깔인 파란색에는 당뇨병의 위험을 알리고 극복의 의미가 담겨있다. 상암월드컵경기장 주변 공원을 뛰는 5킬로미터와 10킬로미터의 두 코스다.

당뇨병 가족력을 가진 중학생 조카가 큰 관심을 보였다. 같이 뛰자고 졸랐다. 마라톤 참여는 꿈도 꾸어본 적이 없었다. 올해 초, 조카는 외국에 사는 가족을 떠나 홀로 우리나라에 건너왔다. 병치레가 잦아서 안쓰러웠다. 마라톤의 참가 조항을 읽고 깜짝 놀랐다. '주최 측 과실이 없는 사고, 사망 시에도 어떠한 책임이 없다.'라는 조건에 불안한 마음이 스멀스멀 피어올랐다. 달리다가 쓰러지기라도 하면 조카를 돌봐야 한다는 책임감이 앞섰다. 덜컥 나도 신청서를 냈다.

마라톤 날짜가 점점 다가오자, 슬슬 마음이 무거워졌다. 나는 간이 좋지 않고 몸이 약해서 쉽게 지쳤다. 피곤하면 쇳덩이가 어깨를 짓누르는 느낌이 들었고, 어지러워서 누워있거나 잠을 많이 잤다. 작가를 꿈꾸었으나 건강을 핑계로 펜대를 잡았다 놓기를 되풀이했다. 시간은 속절없이 흘렀고 머리카락만 희끗해졌다. 이룬 것 하나 없이 제자리에서 동동거리는 게으른 삶과 헤어지고 싶었다.

몇 년 전 자전거 사고로 운동과 멀어졌다. 달리던 중 핸들이 갑자기 휙 꺾였다. 몸이 중심을 잃고 도로 위로 곤두박질쳤다. 타이어의 휠은 찌그러졌고 온몸에 심한 타박상을 입었다. 손바닥, 팔꿈치, 어깨, 엉덩이의 시푸르둥둥한 피멍은 아무것도 아니었다. 왼쪽 다리가 송곳으로 찌른 듯 아팠고 꼼짝도 할 수 없었다. 의사는 왼쪽 무릎의 관절을 감싸는 근육이 찢어졌다며 수술을 권했다. 수술 전날, 기적같이 멀쩡하게 걸었다. 의사는 고개를 갸우뚱거렸다. 다시 검사하더니 무릎이 아프면 그때 다시 오라고 했다. 다행이었으나 아픈 곳이 시큼시큼거려서 조심조심 걸어야만 했다.

체력을 키워야 한다는 압박감이 맷돌처럼 나를 짓눌렀다. 조카가 아니라 내가 병원에 실려 갈 수도 있다. 5분 정도 가볍게 뛰어보았다. 다음 날은 10분, 15분까지 천천히 시간을 늘렸다. 숨이 턱 끝에 매달려 정신마저 아득해졌다. 50대 후반의 나이에 마라톤은 무리였다. 최근에도 어지럼증으로 몇 번 쓰러졌기에 몸을 사렸다. 출전을 포기하려고 했지만, 대회 일자가 가까워서 취소할 수 없었다. 조카의 뜀박질만 구경하고 나는 100미터만 걸어도 괜찮다며 스스로 다독거렸다.

새벽 7시에 지하철 '월드컵경기장역'에 내렸다. 등이 구부정한 어르신이 "평화의 광장이 어디요?"라고 물어서 옷차림을 훑어보았다. 운동복에 하얀 조깅화 차림이었다. "혹시 블루런 오셨나요?"라고 미심쩍은 투로 되물었다. "그럼요."라는 말에 화들짝 놀랐다. 달리기는 젊은 친구들만 하는 줄 알았다. 모임 장소인 평화의 공원에는 당뇨와 관련한 여러 이벤트가 펼쳐졌다. 졸린 눈을 비비는 유치원 아이부터 백발이 성성한 어르신까지 다양한 나이의 참가자들이 복작거렸다. 하늘을 찌르는 마라톤의 인기에 혀를 내둘렀다.

출발시간은 오전 9시였다. 사람들이 몸을 풀기 시작했다. 나는 어미 닭의 따뜻한 품에 웅크린 병아리 같았다. 두터운 목폴라에 얇은 대회 반팔 티셔츠를 껴입고 오리털 파카를 걸쳤다. 날씨는 닭살이 돋을 정도로 쌀쌀했다. 소들소들한 이파리 같던 나는 달랑 반바지에 반팔 티셔츠를 입고도 쌩쌩한 사람들이 부러웠다. 날씬한 여성들은 레깅스에 탱크톱으로 몸매를 뽐냈다. 나는 출발 10분 전에서야 간신히 파카를 벗어 주최 측에서 나눠준 커다란 비닐 보관 봉투에 쑤셔 넣었다.

5킬로미터 달리기는 평화공원에서 시작하여 월드컵공원 육교와 하늘공원을 거쳐 노을공원을 되돌아오는 코스였다. 오전 9시쯤에 출발선으로 사람들이 삼삼오오 모였다. 아이들과 함께한 가족, 끼리끼리 모인 학생들과 사진을 찍는 연인들, 수다 삼매경인 회사 동료와 나이가 지긋한 어르신 동호회까지 각양각색이었다.

1만 명도 넘는 참가자들이 오밀조밀 모였다. 푸른 유니폼을 입은 모습이 빽빽한 푸른 숲처럼 보였다. '땅!'하는 소리에 맞춰 천천히 달렸다. 조카는 1분도 채 지나지 않아 나를 앞질러 갔다. 구릿빛 근육의 건장한 마라토너는 우승할 기세로 내달렸다. 사람들이 내 앞으로 뛰어가자, 조바심이 났다. 발은 돌덩이처럼 무거워지고 점점 숨이 가빠졌다.

포기하지 않으려고 만만한 목표물을 찾았다. 은발의 어르신 뒤에 바싹 붙었으나 어느새 멀어졌다. 쉬운 먹잇감을 찾는 새끼 여우처럼 두리번거렸다. 어디선가 "힘내! 힘내!"라고 외치는 목소리를 들었다. 젊은 엄마가 유모차를 밀면서 달리고 있었다. 나슬나슬한 머리털을 휘날리며 고사리 같은 손으로 응원하는 아기의 볼이 발그레했다. 유모차를 보며 뛰었지만, 그마저도 버거웠다.

언덕에서는 걷고 평지에서는 뛰었다. 목표였던 100미터를 훨씬 지났다. 숨이 턱까지 차올랐지만, 넘실대는 파란 물결을 따라가다 보니 1킬로미터라는 표지판을 보았다. 뿌듯했다. 2킬로미터까지 가보고 싶었다. 땅콩 색과 밤색으로 물든 메타세쿼이아가 빌딩처럼 늘어선 길은 장관이었다. '이 길만 지나자.'라는 마음으로 젖 먹던 힘까지 쥐어짰다. 쌓인 낙엽이 양탄자처럼 폭신폭신했다. 늘씬한 나무 사이로 비추는 햇빛이 황금색으로 반짝거렸다. 울긋불긋한 단풍나무 길에 들어섰다. 너푼너푼 떨어지는 이파리가 한 폭의 그림 같았다. 파란 하늘에 노란 은행잎이 무늬를 그렸다.

고즈넉한 느티나무가 실바람에 흔들리며 낭만적인 바이올린 소나타를 연주하는 듯했다. 초콜릿 빛깔로 으스러진 낙엽에서 아스라한 옛 향기가 풍겼다. 낡은 생각을 바사삭 밟아버렸다. 허약한 체질 탓을 하며 물처럼 흘려보낸 세월이 후회스러웠다. 3킬로미터를 지나자, 길가에 앰뷸런스 몇 대가 늘어서 있었다. 콩닥콩닥대는 심장이 곧 멈출 것만 같았다.

결승점이 까마득했다. 그만두고 싶은 유혹이 슬금슬금 올라왔다. 누구 하나 그만두면 따라 하려고 요리조리 두리번거렸다. 걷다 뛰다 하는 사람은 많아도 포기하는 참가자는 보이지 않았다. 앞서가는 사람들을 부러워하다가 뒤돌아보고 깜짝 놀랐다. 나보다 늦게 뛰는 참가자도 수백 명이었다. 눈이 보이지 않지만, 도우미와 함께 뛰는 중년의 아저씨를 보고 충격받았다. 나보다 느린 젊은이도 여럿이었다. '완주해 보자.'라고 마음을 다잡았다. 쓰러지면 앰뷸런스가 나를 살려줄 거라고 믿었다.

48분 27초에 골인했다. 땀방울이 뚝뚝 떨어졌다. 8천 보 정도의 걸음 수였다. 코스는 다르지만, 10킬로미터를 완주한 참가자들도 잇따랐다. 29분에 골인한 조카가 손을 흔들며 축하해주었다. 우리는 완주 메달을 목에 걸고 환하게 웃으며 기념사진을 찍었다.

달리면서 머뭇름을 베어버렸다. 건강 탓을 멀리 던져버렸다. 마라톤은 신세계로 가는 마법의 문이었다. 어린이도, 유모차를 끄는 엄마도, 백발 어르신도 따라잡을 수 없었으나 끝까지 뛰었다. 뿌듯함이 풍선처럼 부풀어 올랐다. 새롭게 맛본 쾌감에 전율했다. 건강을 지킬 수 있다는 자신감이 솟구쳤다.

대회 시상식에서 78세의 어르신이 '최연장자 참가상'을 받았다. 조카의 눈빛이 다이아몬드처럼 반짝거렸다. 다음은 10킬로미터, 세미 마라톤, 풀코스 마라톤도 차례대로 도전하겠다며 암팡지게 다짐했다. 마라톤이 언감생심이었던 나도 희열에 부르르 떨었다. 혼자라면 어림없어도 함께 하면 100세까지 달릴 수 있을 것 같았다.

마라톤은 나이를 뚫고 들어온 신나는 놀이터였다. 나보다 먼저 달려도 뒤처지거나 늦게 뛰어도 앞서나간 사람들이 많았다. 거북이걸음에도 즐기거나 사냥개처럼 쏜살같아도 아쉬워하는 참가자들을 보며 생각이 깊어졌다.

빠름과 느림에 붙들리지 않는다. 마라톤은 약한 체력 탓을 하며 멈춘 삶에 불꽃을 일으킨 불쏘시개다. 건강을 지키며 마음이 뭉클한 글을 쓰는 미래를 그려본다. 은발을 휘날리는 늦깎이 마라토너를 상상만 해도 힘이 불끈 솟는다.

메타세쿼이아가 꿈꾸듯 마른 잎을 비빈다. 속살대는 소리가 천사의 속

식임처럼 들린다. '늦어도 괜찮아. 넌 멋진 작가가 될 거야!' 금빛 햇살이 시샘하듯 완주 메달을 어루만진다.

비비추

여우비가 졸금졸금 내린다. 등산하기로 했는데 날씨 때문에 망설여진
다. 과거를 곱씹어 본다. 쉬운 길만 고집했으나 먼 길을 돌아가기도 했
다. 순간의 선택이 지금의 나를 빚었다는 생각이 든다. 첫 생각을 밀어
붙이며 주섬주섬 물과 모자를 챙겨 인왕산으로 향한다.

가파른 계단을 타고 산꼭대기에 올라갔다. 먹장구름 탓일까. 흩뿌린 비
에 초록빛 숲이 눈물에 젖은 듯 보였다. 구불구불한 성곽이 엎드려 흐느
끼는 여인의 뒷모습 같았다. 가풀막을 기어올라 산마루에 다다랐다.

꼭대기를 둘러보았다. 앙증맞은 진박새의 노랫소리가 구슬픈 플루트의
선율처럼 울려 퍼졌다. 수풀에 얼굴을 빼꼼히 내민 비비추가 소보록하
게 피었다. 동네 살피꽃밭에서 흔히 보던 꽃인데 어떻게 정상까지 올라
왔을까. 연보랏빛 꽃송이가 가만한 바람에 흔들리며 화음을 맞추었다.
은은한 멜로디에 추억의 향기가 감실감실 피어났다.

비비추는 '신비한 사람'이라는 꽃말을 지녔다. 가녀린 꽃대는 버거운 듯
조롱조롱 꽃송이들을 잔뜩 매달았다. 땅에 닿을 듯 휘어졌어도 꺾이지

않는 줄기가 신비로웠다. 가족의 무거운 짐을 짊어지고 힘들어하는 후배가 떠올랐다.

나는 이십 대 후반에 만난 준수한 K에게 한눈에 반했다. 나보다 열 살 정도 어린 후배가 주변을 어슬렁거렸지만, 신경 쓰지 않았다. K에게 다가갈수록 칠흑 같은 어둠이 깔린 그에게 멈칫멈칫했다. 어느 날 그는 실타래처럼 엉킨 가정사와 죽음을 오갔던 '침샘암'의 아픔을 어렵사리 털어놓았다. 다 나았다지만, 내 마음은 무거웠다. 당시 나는 암 수술을 세 번 하신 아버지의 병간호에 지쳐있었다. 우리의 미래를 저울질하다가 힘들게 K에 관한 마음을 내려놓았다. 함께할 자신이 없었고, 편하게 살고 싶었다.

비비추 새싹은 배배 꼬면서 돋아난다. 꽃도 줄기를 따라 뱅뱅 돌면서 피어난다. 어린 후배가 기다렸다는 듯이 그와 사귀자, 내 마음은 줄기를 휘감던 싹처럼 꼬여버렸다. 내가 비워준 K의 옆자리에 보금자리를 틀고 결혼해서 알콩달콩 살았다. 그들을 볼 때마다 나도 모르게 질투가 스멀스멀 올라왔다. 신혼집 집들이를 할 때 내 존재를 잊지 말도록 그림을 선물하며 흔적을 남기기도 했다. 그들 부부의 주변을 맴돌았다.

후배의 시집살이는 만만치 않았다. 인천에 사는 그녀는 시댁이 있는 경상도까지 오가면서 매달 제사를 지냈다. 집안의 궂은일도 마다하지 않았다. 불같은 시댁 식구를 부드럽게 감싸안았다. 연보라색 꽃처럼 여렸으나 어려움을 겪으면서 그늘에서 뿌리를 깊게 내리는 비비추처럼 단단해졌다.

그녀의 미소는 한결같았다. 결혼하고 십여 년이 지나도록 아이 소식이 없자, 시댁 어르신들은 조급해졌다. 부부는 수없는 난임 치료에도 감감무소식이었다. 아기를 기다리다 지친 K가 배란일에 잠자리를 피하곤 해서 부부싸움도 잦아졌다. 나였다면 견디지 못했을 텐데, 그녀는 무던히도 K와 시댁을 보듬었다. 고운 마음씨에 하늘이 감동이라도 한 걸까. 기적이 일어났다. 결혼한 지 십오 년만이었다. 시험관 시술에 성공하여 아기를 품에 안았다.

오년 전 산책하다가 공원에서 그들 부부를 만났다. 웃음꽃이 활짝 핀 K는 똘망똘망한 다섯 살 아이에게 두발자전거 타기를 가르치고 있었다. 후배는 내게 한참이나 아이 자랑을 이어갔다. 늘 미안한 마음으로 묵직했던 나도 맞장구를 쳤다. 아이가 도담도담 잘 자라기를 진심으로 축복했다. 그녀는 내 손을 잡더니 "언니, 고마워요. 잘 살게요."라고 말하며 활짝 웃었다.

공원에서 그들 부부를 만난 지, 일 년도 채 지나지 않았을 때였다. K의 암이 재발하여 척추로 전이되었다는 소식을 들었다. 가슴이 철렁 내려앉았다. 병원을 제집처럼 드나들며 항암치료를 하느라 불어나는 병원비에 그녀의 속은 새까맣게 타들어 갔다.

후배는 어렵게 자그마한 분식 가게를 차렸다. 애면글면하며 초등학교에 입학한 아이를 키우고 K의 병원 진료도 빼먹지 않았다. 절망으로 슬

폈으나 그늘에 사는 꽃처럼 살아내려고 바둥거렸다. 시난고난 앓던 K의 병세는 날로 나빠졌다. 열아홉 번의 항암치료를 받으며 뺨은 움푹 꺼지고 뼈만 앙상해졌다.

며칠 전 부고를 들었다. 덴가슴에 그녀의 안타까움과 나도 모를 슬픔이 꺼멓게 몰려왔다. 우리는 서로 껴안고 굵은 눈물을 뚝뚝 흘렸다. 남편을 땅보탬한 그녀는 입술을 감물었다. "아이를 생각해서라도 열심히 살아야죠!"라고 떨리는 목소리로 말했다. 절절함이 가슴 아팠다. 한 줄기 빛이라도 붙잡는 모습이 고마웠다. 절망의 그늘에서도 꽃을 피우려는 그녀를 힘껏 도닥거렸다.

여름꽃 비비추는 뜨거운 햇살에 고개를 돌린다. 꽃대롱이 나팔 모양이어서 불볕더위에 꽃 안은 찜통이기 때문이다. 스스로 몸을 움직여 빛의 반대쪽으로 핀다. 그늘에 묵묵히 살면서도 군소리 한마디 없다. 긴 타원형의 이파리를 주름치마처럼 쭈욱 펼쳐 지나가는 한점의 햇살도 놓치지 않고 싱싱하게 피어난다.

내가 밀어낸 사람을 후배는 자신의 울타리에 맞아들였다. 강심살이에 바리작거리면서도 늘 긍정적인 쪽을 바라보았다. 뜨거운 태양에 스스로 방향을 틀어서 꽃을 피우는 비비추처럼 지혜롭고 강인했다.

마음가짐에 따라 불행도 다르게 볼 수 있지 않을까. 인생의 갈림길에서 고른 길이 진흙탕이라면 불평의 늪에서 허우적거리는 것도 내 몫일 테다. 그녀는 어려움에도 시들지 않고 한 줌 소망도 꼭 붙들려고 안간힘을

썼다. 동네에서 산꼭대기까지 만발한 연보랏빛 꽃처럼 희망의 봉오리에
피어났다. 그녀의 꽃모습에 박수를 보낸다.

초록색 소나무 잎새 사이로 따스한 햇살이 사르르 파고든다. 목에 검은
넥타이를 두른 진박새가 독특한 소리로 삶을 노래한다. 연보랏빛 드레
스를 입은 비비추가 살랑살랑 미소를 짓는다.

박은실

수필가, 교육학 박사(2007년 학위 취득)

경력:

초등학교 교장 정년퇴임(2016년)
인하대학교 계약제 강의 교수(2016년)
인하대학교 초빙교수(2022.3~2024.2)

현재)〈수필공방문학회〉작가회 회장
　　　 인천광역시교육청 교육이음센터 활동

수상:

제21회 부천신인문학상 수필 부문 수상 및 등단(2024년)
제42회 복사골 백일장 전국 공모전 우수상 수상(2023년)
제22회 부천시장기 시민독서경진대회 사랑의 편지글쓰기 우수상(2022년)
원미노인복지관 글짓기 공모전 산문부문 최우수상(2021년)

무지개 언덕에 핀 꽃

침묵의 시간이 파르르 떨린다. 어둠이 걷히며 희붐한 빛이 밀려든다. 차츰 밝아오는 무대 위에 연주자들이 붙박이처럼 미동도 없다. 지휘자의 신호를 읽은 피아니스트가 피아노 위에 손을 올린다. 미끄러지듯 건반을 어루만지는 손끝에서 숨죽이던 음표가 파들파들 튀어 오른다. 연주자의 턱 밑에 붙인 바이올린에 가로 놓인 활대가 일제히 움직인다. 어루만지듯 부드러운 선율이 영롱한 무지개를 그린다. 꿈속을 거닐 듯 아름다운 음색의 하모니가 부천아트센터 소강당을 휘감으며 날아올랐다.

숨소리마저 누른 객석에 숙연한 정적이 흘렀다. 연주를 시작하자 관객들의 입술이 마른 듯 잔기침조차 내지 않았다. 객석을 가득 채운 청중의 들숨과 날숨조차도 멎은 듯 하모니에 빨려 들어갔다. 무대의 모습을 눈과 마음에 담으며 움직임 하나까지 놓치지 않는 관객의 눈빛이 빛나기 시작했다. 수정처럼 맑은 감성이 빚어낸 연주에 흠뻑 빠져들었다.

첫 곡의 연주가 끝났다. 감동의 물결이 끊임없이 밀려오는 파도처럼 박수갈채로 이어졌다. '제5회 사랑의 음악 편지' 콘서트에서 듣는 연주의 감동이 마음에 고스란히 스며들었다. '나눔꽃챔버'는 부천에 사는 발달 장애인으로 구성된 오케스트라다. 피땀 흘린 노력이 하나의 아름다운 하모니를 이루었다. 각자의 자리에서 최선을 다해 연주하는 모습은 그 자체만으로도 큰 울림이었다.

나는 40여 년간 초등학교에서 꿈나무들을 가르쳤다. 장애가 있는 특수 학급의 학생들에게 특별히 관심이 많았다. 특수학급은 한 반에 학생이 6명 정도인데, 담임선생님과 보조교사가 함께 수업을 진행했다. 통합학급을 담임할 수 있는 자격을 갖추는 데 필요한 연수도 몇 차례 다녀왔다. 발달 장애가 있는 학생들의 학습은 그야말로 피나는 노력이 있어야 했다. 한 시간 동안에 책을 한 페이지도 읽기 힘들고, 쓰기는 시도하기조차 어려웠다. 끊임없는 반복 교육과 눈물겨운 노력을 해야 그나마 더듬더듬 읽을 수 있었다. 셈하기는 더욱 난감했다. 특수학급 학생들을 데리고 여러 번 견학을 갔다. 교실 밖에서 배울 수 있는 것이 많기 때문이다. 개별수업을 해야 하기에 학생 한명 한명에게 온 특별한 관심을 두고 주의를 기울였다.

발달장애아 대부분이 예·체능 시간을 좋아했다. 통합 학급 담임을 맡았을 때 눈에 띄는 아이가 있었다. 노래를 부르면서 트라이앵글을 치는 K의 모습이 지금도 눈에 선하다. 신나게 두드리면서 소리도 맘껏 질렀는데, 그 누구를 의식하거나 아무에게도 눈총을 주지 않고 즐거워했다. 비록 발달이 늦고 마음대로 행동할 수 없지만, 좋아하는 것을 했을 때 눈빛이 반짝거리며 행복해하는 모습을 지금도 잊을 수 없다.

공연장에서 연주하기까지 주위 사람들의 도움이 얼마나 필요했고 지원이 많았을까. 안타까움으로 바라봤을 부모님, 애틋함과 따스한 마음으로 가르쳤을 선생님, 그윽한 눈길로 바라보며 따뜻한 마음으로 응원했을 주변 사람들의 성원을 떠올려보았다. 열렬한 지지와 격려는 물론, 지극 정성을 담았을 뒷바라지는 이루 말로 표현할 수 없을 것이다. 청중 앞에 서서 당당하게 연주하는 연주자들 한명 한명이 영웅처럼 느껴졌다. 모두 하나 되어 하모니를 이루는 모습은 감동 그 자체였다. '발달 장애는 병이 아니라 그저 장애일 뿐이다.'라는 말은 많은 것을 생각하게 하였다. 세상살이에 적응하며 활동하는 것은 누구에게나 어렵다. 장애를 가지고 자기 의지대로 표현하고 산다는 게 여의찮다. 여러 면에서 다른 사람의 따뜻한 관심과 도움이 필요하다.

내 눈 앞에 펼쳐지는 연주를 하기 위해서 오랜 시간 동안 악보를 외웠을 테고, 피나는 노력을 했을 것이다. 저들은 순수한 음악적 아름다움뿐만 아니라, 인간의 잠재력과 소통의 중요성을 감동의 메시지로 담아 전달하고 있다. 감상하는 내내 가슴이 먹먹했다. 연주하는 동안 연주자들은 표정을 드러내지 않았다. 오롯하게 연주에만 몰두하기 때문이었을까. 음이 이탈하는 조그마한 실수가 연주를 망칠까 봐 신경을 곤두선 마음조차 아팠다. 지휘자는 연주 자세를 크게 보이도록 온몸으로 표현했다. 연주자들이 혹시라도 실수하지 않을까 염려하며 편한 마음으로 집중하도록 애쓰는 모습이 애처로웠다. 턱을 바싹 끌어당기고 열심히 활로 켜는 모습이 대견스러웠다. 바이올린을 잡는 법과 턱에 받쳐 대는 것부터 시작하여 연주하기까지 과정은 그야말로 연습과 노력의 반복뿐이다. 활대를 잡고 음을 켜기까지 수없이 힘든 과정을 거쳤을 것이다. 오직 눈앞에 마주한 상황에 집중하는 모습은 감동을 자아냈다.

오케스트라의 연주는 단순한 선율 이상의 선물이었다. 음악은 소통의 도구이자, 자신을 표현할 수 있는 중요한 열린 문이다. 세상과 소통하며 자신의 존재를 당당히 드러내었다. 정상인들도 외워서 연주하기 어려운 곡을 악보 없이 연주한다는 사실이 믿기지 않았다. 청중을 압도하는 아름다운 멜로디 속에서 하나로 통합하는 아름다운 결과를 선보였다. 나의 그릇된 생각을 사정없이 깨트리는 연주는 놀라움 그 자체였다. 각자의 숨결을 통해 하나로 통일된 소리로 연주한다는 것이 불가능하다고 생각했었다. 연주는 많은 사람에게 용기와 희망을 주었다. 연주자들은 자신과 사회의 어우러짐을 맘껏 표현했다. '오버 더 레인보우'와 '에델바이스'의 선율은 꿈과 희망을 넘어 세상을 향해 맘껏 날아오르게 했다. 서로 다른 이들이 함께 어우러져 살아가는 사회의 선한 영향력과 소통의 화합 잔치였다.

서서히 조명이 꺼지고 막이 내렸다. 장애를 이겨낸 그들이 피워낸 꽃 한 송이, 한 송이가 모여 꽃밭을 이뤘다. 발달 장애라는 어려움을 딛고 꿈을 향해 오롯하게 날아오르는 힘찬 날갯짓이 아름답다. 꿈결처럼 감미롭고 아름다운 선율은 희망의 속삭임이었다. 눈부시게 쏟아지는 박수 갈채를 받으며 무지개 언덕을 오르는 그들의 얼굴에 환한 웃음꽃이 피었다.

– 제21회 부천신인문학상 수필 부문 수상 및 등단작 –

질경이

질경이가 지천이다. 옹기종기 모여 밤낮없이 수런거린다. 너덜길에 소박한 웃음으로 인사를 건넨다. 척박한 땅의 가녘에서도 꿋꿋하게 자란다. 물기가 없어도 생기를 잃지 않고 씩씩하다. 가녀린 듯 질긴 줄기에 조롱조롱 매달린 흰색과 분홍빛 꽃이삭이 예쁘다. 성주산 둘레길을 산책하는데 버려진 널빤지 틈새로 질경이도 질 새라 으밀아밀 이야기꽃을 피운다.

새벽에 운동하러 나가다가 돌부리에 걸렸다. 발을 접질려 발등뼈가 부러져 통깁스하여 오른발이 묶였다. 졸지에 앉은뱅이 신세가 되었다. 마음을 둘러싼 담은 외로움으로 물들었다. 한 달 반을 집에서 혼자 지내면서 그동안 경험하지 못한 일을 맞았고 또 받아들였다. 하도 기가 막혀 눈물만 흘렸다. 처절함에 넋이 나갔다. 하늘도 무심하다는 말이 저절로 나왔다.

시간이 약이라고 했던가. 원망과 속상함으로 가득했던 마음이 차츰 진정되었다. '이 상황에서 어떻게 살아야 할까?'라고 스스로 질문하고 답해

보았다. 이런 생활은 곧 내 앞날의 일처럼 느껴졌다. 노후의 삶을 미리 경험해 보는 시간이라는 생각이 들었다.

딸이 둘이지만 큰딸은 미국에 살고 있다. 한국에 있는 딸이 주말과 공휴일에 와서 바깥바람을 쐬게 해 주었다. 을왕리, 시흥, 곤지암 리조트의 화담숲 등을 차로 함께 다녔다. 목발을 짚고 다녔지만, 맘대로 다닐 수 없어 불편했다. 짙푸른 화담숲을 눈으로만 바라볼 뿐이었다.

발이 묶이다 보니 주중에는 외롭고 쓸쓸했다. 평소에는 느낄 수 없는 혼자라는 생각이 가득했다. 삼 일간 비가 내린 날은 바깥 구경은 엄두도 내지 못해 꼼짝없이 집에 갇혔다. 깁스는 물 닿으면 안 된다는 주의 사항 때문에 물기 있는 곳은 공포의 길이다. 비가 오지 않는 날은 아파트 근처를 목발 짚고 걸었다. 집 앞, 펄 벅 공원은 유일한 휴식처였다. 평소 2분 거리로 눈앞에 빤히 보이는데 천근만근 되는 발로 걸어가는데 10 여분이 걸렸다.

오뉴월 햇볕에 끌려 바깥에서 한나절을 보냈다. 길가에 옹기종기 모여 자라는 질경이의 활기찬 모습이 눈에 들어왔다. 공원 옆 텃밭에 채소들도 파릇파릇 힘이 넘쳐 보였다. 고추, 상추, 호박, 감자꽃 사이로 하늘하늘 나비들이 팔랑거렸다. 어느새 밤나무에는 허연 꽃들이 바람에 흔들거리며 향기를 퍼뜨렸다. 쌉싸름하고 달콤한 밤꿀이 꿀꺽 삼켜진 듯 목이 아렸다. 내 마음에도 차츰 봄이 스며들었다.

공원은 노인과 요양보호사가 함께 힐링하는 장소였다. 노인 보행기(실버

카)에 몸을 의지해서 다니는 모습이 내 처지와 비슷했다. '앞으로 저것을 밀고 다니겠지.'라고 생각하니 예사롭게 보이지 않았다. 맘껏 내 마음대로 갈 수 없으니 착잡하게 느껴졌다. 발이 묶여 불편한 생활과 거의 비슷하겠다고 생각했다. "65세 이상 인구 1,000만 명에 육박, 독거노인은 200만 명 넘어"라는 신문 기사 글을 읽었다. 홀로 사는 노인의 숫자가 늘어남에 따라 노년에 어떻게 살 것인가가 큰 걱정이었다. 평소에 걸어 다니면서 길이 이렇게 울퉁불퉁한 줄 몰랐다. 목발을 짚을 때도 보도블록 높낮이가 같지 않아 넘어지려고 했다. 새삼 깨달은 것은 노인과 장애인이 매우 불편하겠다는 생각이 들었다. 휠체어나 노인용 보행기 등이 도로로 다닐 수밖에 없음을 새삼 알았다. 묶인 다리로 걸으니 한 걸음 떼어 놓기도 힘들었다.

이것저것 좋아하는 것을 찾았다. 책을 읽으려고 집에서 15분 거리에 있는 교보문고에 갔는데 느린 걸음으로 한나절이 걸렸다. 인터넷 사이트의 전자책은 글씨가 작고 희미하게 보였다. 소리로 듣는 책은 처음에는 머릿속에 들어왔지만, 이내 졸리기만 했다. 난감했다. 글쓰기도 처음에는 열심히 쓸 것 같았지만 쉽지 않았다. 몸이 불편하니까 마음까지도 약해졌다. 의지가 약해서일까? 걷지 못하니 모든 것이 자유롭지 못했다. 장미꽃이 만발했는데 꽃을 보기 위해서 나갈 수도 없었다. 갑갑증은 외로움과 우울증으로 이어졌다. 딸에게도 일일이 구차한 이야기를 할 수 없었다. 부담될까 전화를 걸기도 쉽지 않았다. 휴일에 한 번 왔다 가는 것도 감사할 뿐이었다. 철저한 노후 준비의 필요성을 느꼈다.

혼자서도 재미있고 즐겁게 지내는 것은 어떤 것이 있을까? 제일 신나는 일은 산에 가는 것인데, 다리가 아프니 갈 수가 없다. 노인복지관에 하반기 강좌를 신청했다. 시니어 체조와 노인 줌바, 오카리나 연주, 원예 테라피를 배워볼 참이다. 더 나이 들기 전에 하고 싶은 것들을 해야겠다고 마음먹었다. 갇혀 지내는 동안 평범한 일상이 얼마나 행복한 것인지를 새삼 깨달았다. 혼자 힘으로 밖에 나갈 수 있고 목욕할 수 있으며 비 오는 날 걸을 수 있다는 것과 누군가를 만난다는 사실이 기적 같았다.

깁스에서 풀린 다친 발등 부위가 칙칙하면서 거무스름했다. 종아리는 무릎 위와 아래가 거무죽죽함과 희읍스름함이 모자이크처럼 보였다. 발등이 소복하게 부었고 온 발이 시원하면서도 찌릿찌릿했다. 일어서려는데 종아리가 땅겨 설 수 없었다. 마음으로는 금세라도 걸을 수 있을 것 같은데 발이 움직이지 않았다. 반깁스로 목발 짚고 집에 왔지만, 행복했다. '이제 깁스를 풀었으니, 물에 닿아도 괜찮아.'라는 탄성이 나왔다.

몸이 욱신욱신 쑤시고 아팠지만, 입가에 미소가 가득했다. 6주 만에 목욕했다. 묵은 때가 국숫발처럼 밀려 나왔다. 뜨거운 눈물이 범벅되어 물과 함께 흘러내렸다. 발을 통째로 보호해 주던 깁스가 요란한 전기톱 소리에 맥을 추지 못하고 두 동강 났다. 나를 묶었던 족쇄가 한순간에 풀렸다. 새삼 '자유'라는 단어를 뇌리에 떠올렸다. 닷새 동안 물리치료를 받은 후에야 온전히 내 힘과 의지에 따라 두 발로 걸을 수 있었다.

겸손과 낮은 자세로 사는 질경이가 떠올랐다. 질경이꽃은 화려하거나 탐스럽지 않다. 잎이 찢겨도 사람 발에 짓밟혀도 꽃봉오리 매단 질경이를 잉큼잉큼 바라본다. 질경이 꽃말인 '발자취'를 곰곰이 생각해 보았다. 굽이굽이 흘러간 삶의 뒤안길에서 일흔 살의 흔적을 소환한다. 하늘나라의 부르심을 받을 때까지 잘 살아내야 한다. 마찻길 수레바퀴에 짓밟혀 뭉개지고 찢어져도 꽃을 피워내는 질경이가 대견했다. 험난한 삶을 겪어온 질경이의 꽃이삭을 보며 내 노후의 아름다움을 찾아본다. 꽃잎 없이 갈맷빛 열매가 다닥다닥 붙은 촘촘한 꽃망울들이 내 옛 모습 같다. 성주산 둘레길을 걸으며 이삭처럼 쏘옥 얼굴 내민 꽃들이 내 마음을 훔친다. 거적 밑에서 자라 꽃피운 질경이를 보듬는다.

일흔 할머니가 질경이 이삭꽃처럼 살고 싶어 안달한다.

한가위

초가을 바람에 고속도로가 시원하다. 막힌 데 없이 활짝 트이어 마음 후련하게 달린다. 2박 3일 동안 한가위를 딸과 함께 보내고 집으로 가는 길이다. 예년과 다르게 딸네 집에서 보낸 추석은 따뜻하고 여유롭다. 집안일에서 한 발짝 물러서 명절 준비를 하지 않았지만, 가족과 옛이야기로 꽃을 피운다. 알콩달콩 나눈 시간은 우리 모두를 하나로 묶어주는 끈이다.

추석날 아침, 딸네 집으로 나서는 길은 햇살이 가득하고 차창 밖에 부는 황금빛 바람에 마음이 들떴다. 딸 가족이 밤늦게 세종시의 시댁에서 돌아왔다. 딸과 손녀가 무거운 가방 4개를 들고 낑낑거리며 들어왔다. 여행 가방과 냉·보온 가방 3개를 여니 추석 음식이 가득했다. 사위도 사과와 배 각각 한 상자씩 들고 왔다. 사돈댁에서 보낸 음식을 보면서 입이 딱 벌어졌다. '사위와 딸, 손녀 그리고 내가 먹을 추석 음식을 정갈하고 정성스럽게 준비하셔서 보내셨구나.'라고 생각하니 가슴이 뭉클했다. 적지 않은 나이에 일까지 하시면서 며칠 몇 날을 준비했을 안사돈의 마음이 고스란히 전달되었다.

딸이 추석 선물 두 상자를 내밀었다. 곧 사위도 봉투를 앞에 놓았다. 깜짝 놀라 받고 보니 초겨울 고급 누비 코트와 차 세트였다. 순간 얼굴이 화끈거렸다. 난 추석에 아무런 준비도 없이 왔고, 단지 손녀 용돈만 준비했는데 어쩌나 싶었다. 그저 딸네 집에서 지내면서 과일과 필요한 것이 있으면 사주려고 했었다. 얼굴이 뜨거워 사위 볼 낯이 없어 봉투는 받지 않았다. "엄마, 입어보세요. 잘 어울릴 것 같아서 백화점에서 샀어요."라는 딸의 말에 "뭐, 이렇게 비싼 옷을 왜 샀니?"라고 했더니 "엄마는 돈이 있어도 백화점에서 옷을 사지 않잖아요."라고 입을 삐죽거렸다. 입어보니 마음에 딱 들었다. 빛깔과 무늬 그리고 디자인 모두가 세련되고 값이 비싸 보였다. 추석에 딸네 집에서 이런 고급 선물을 받는 것에 기뻤지만, 마음은 편하지 않았다.

추석 다음 날 아침, 6학년인 손녀는 늦잠에서 깨자마자 친구를 만나러 나갔다. 오후에 손녀가 집에 오면 함께 남편 산소에 성묘 가려고 했으나, 너무 더워서 오후에는 더 힘들어질 것 같았다. 우리 셋은 사과와 배, 샤인머스캣과 술 한 병을 들고 남편이 잠들어 있는 '용인로뎀파크'에 갔다. 딸네 집에서 가깝기에 자주 가는 편이지만, 여전히 마음은 힘들고 아렸다.

차창으로 바라본 가을 하늘은 뭉게구름과 어울려 소꿉장난했다. 양들이 지도를 읽으며 여행을 떠나는 모습도 보였다. 하늘 속 에메랄드빛 호수처럼 푸른 하늘이 눈에 가득 들어와 온 세상이 환했다. 띄엄띄엄 넓지 않은 논에 누런빛과 푸르스름한 벼들이 보였다. 따가운 햇살에 벼들이 여물어가는 소리를 내며 제 몸을 달군다. 옹골차고 야무진 모습이 세상에 태어나 제할 일을 모두 해낸 듯 반듯하게 보였다.

저 멀리 남편이 잠들어 있는 곳이 눈에 들어왔다. 살아생전에 만나는 것처럼 가슴이 두근거렸다. 추모공원 입구에 작은 밤나무가 보였다. 통통하게 살 오른 밤송이를 만났다. 봄볕에 오랫동안 꽃을 피웠던 밤나무는 뜨거운 여름 햇살에 더위를 먹었는지 축 늘어졌다. 다닥다닥 붙어있는 가시 사이에 드문드문 탁 터진 밤껍질이 보였다. 밤을 좋아했던 남편의 모습이 내 눈에 멈췄다.

생수로 남편의 잔디 묘소 앞 이름표를 닦았다. 뜨거운 햇볕에 그을린 얼굴처럼 검은 표지석(標識石)이 불덩이 같았다. 깨끗해진 상징을 여러 번 쓰다듬었다. 남편이 좋아하는 표정을 짓는 것이 느껴졌다. 하지만, 잉걸불처럼 이글거리는 땡볕 더위에 잠시도 앉아 있을 수 없었다. 우리는 차려놓은 음식 앞에서 짧게 기도했다. 더 오래 서 있다가는 일사병이라도 걸릴 것 같아 견디기 어려운 날씨였다. 햇빛 쨍쨍한 날씨에 수은주가 35도를 오르내렸다. 전남 곡성의 기온이 38도로 최고였다는 뉴스가 실감 났다. 제아무리 더워도 남편을 만날 수 있었음에 감사했다. 햇볕에 세워두었던 뜨거운 승용차에 오르는 순간 울컥했다.

더위에 지쳐 근처의 용인 백암 식물 카페인 '정원생활 바이오랑쥬리'에 들렀다. 식물로 가득 찬 카페에는 사람이 거의 없었다. 안에는 옆으로 줄을 타고 자라는 스킨답서스와 스파트필름이 많았다. 희귀한 식물보다 우리 집에 있는 것들이 눈에 띄어 더 친근감이 갔다. 2층으로 올라가 편안한 의자에서 푹 쉬면서 더위를 식혔다.

바짝 고개 들고 바동거리며 축 늘어진 식물 모습이 기진맥진한 나와 닮았다. 밑바닥으로 가라앉을 듯한데, 그 긴 줄을 타고 솟아오르는 이파리들이 대견스럽게 보였다. 싱싱하게 늘어진 넝쿨 사이로 새순이 조그맣게 보였다. 이제 새로운 모습으로 싱싱한 꽃봉오리가 맺히겠지. 한가위를 딸네 집에서 보내며 조마조마했던 내 마음도 가을걷이 끝낸 들판 바라보듯 평온해졌다.

해가 뉘엿뉘엿 넘어갈 때까지 이런저런 덕담을 주고받았다. 나이 듦에 따라 한가위 명절 모습도 달라졌지만, '더도 말고 덜도 말고 한가위만 같아라.'라는 말을 되새긴다.

외로운 길

매미가 낭자하게 울어댄다. 아버지 추모일이라 인천가족공원에 가는 길이다. 물에 젖은 솜처럼 온몸이 축 늘어져 나무 그늘에서 잠시 서성거린다. 하늘은 뜨거운 뙤약볕이고 바람 한 점 없다. 아버지께 드릴 국화 꽃송이를 보며 잠시 더위를 잊는다.

아버지는 꽃을 잘 가꾸셨다. 어릴 적 시골집 마당에는 봄부터 가을까지 온갖 꽃이 활짝 피어 알록달록 흐드러졌다. 청색으로 칠한 대문에 들어서면, 키 작은 채송화부터 달리아가 툇마루 앞 봉당까지 한 줄에 서 있어 마치 꽃 병정 같았다. 텃밭에는 가지, 상추, 오이 등 푸성귀가 날아다니는 나비와 함께 놀았다.

아버지는 가난한 집 막내아들로 태어났다. 할아버지는 지나치게 약주를 좋아하셔서 집안 식구들을 잘 보살피지 못했다. 집안이 어렵기에 아버지의 소원인 과수원 지기는 꿈도 꿀 수 없었다. 살림살이가 넉넉하지 않았지만, 남의 집 허드렛일을 하며 어렵사리 중학교까지 마칠 수 있었다. 여러 교회를 다니시며 설교하시는 부흥 강사님의 소개로 어머니를 만났다. 내가 고등학교 때 결혼 이야기를 들었다. 어머니 고향인 부여에서 6 · 25 전쟁통에 결혼했다. 목사님과 신랑과 신부, 단 세 명이 물 한 사발 떠 놓고 단출하게 예식을 올렸다. 그날은 7월 24일이다. 아버지는 어머니에게 매년 결혼기념일을 챙겨드렸다. 우리는 네 남매로 오빠와 남동생 둘을 둔 나는 집안의 소소한 일을 자연스럽게 도맡아 했다. 네 살 되던 해에 남동생을 보았다고, 자줏빛 코르덴 재킷을 사 주셨다. 얼마나 큰 것을 사 주었는지 거의 10살 넘어서까지 겨울마다 입었던 기억이 새롭다. 그 시절에는 아들을 좋아했던 시대여서 딸이 한 명인데도 나를 더 이뻐하신 것 같지는 않았다.

아버지는 배움을 즐기셨다. 아침마다 교육 전문 채널인 EBS 방송의 방송통신대학 강의를 10년간 들으셨다. 60세에 대학 졸업장을 받았고, KBS 9시 뉴스에까지 소개되었다. 지금이야 나이와 상관없이 공부하는 이들이 많지만, 방송통신대학의 초창기에는 그리 많지 않았다. 고등학교도 나를 낳고 까까머리로 입학하셨다고 들었다.

첫 직장은 면사무소에서 일했고, 다시 공부해서 초등학교 선생님이 되셨다. 아버지는 중국어에 능통했고 영어 공부를 꾸준히 하셨다. 젊은 시절부터 아버지는 어학에 관심이 많으셨다. 선생님을 그만두시고 방송통신대학을 졸업하신 후, 목사와 선교사의 길을 택했다. 64세 나이에 중국 유학을 떠나서 4년 6개월 동안을 '곤명'이라는 곳에서 중국어를 공부하셨다. 한자로 성경 말씀을 붓으로 써서 중국인들에게 나누어주는 것이 큰 즐거움이었다. 용돈까지 아껴서 종이와 먹 그리고 붓을 사셨다.

아버지의 향학열은 누구도 말릴 수 없었다. 맨 처음 중국으로 유학하겠다고 했을 때, 가족회의를 열었다. 네 남매 모두가 결사적으로 반대했고 여러 차례 말렸다. 심지어는 어머니까지도 가지 말라고 사정했으나 강한 고집을 꺾을 수 없었다. 더구나 금전적인 여유도 없었다. 그 당시 학비와 생활비가 한 학기에 260만 원 정도 필요했다. 난감했던 상황에서 딱한 사정을 들은 남편이 아버지의 첫 유학자금을 마련해 주었다. 가족모두가 탐탁하게 생각하지 않았던 중국 유학의 길이 열렸다. 선뜻 아버지께 돈을 마련해줘 공부할 수 있게 해 준 남편의 고마움은 내 삶에 부채감으로 남았다.

아버지는 6개월을 혼자 기숙사에서 지내셨다. 그 후에 엄마와 함께 4년을 유학하면서 그 근처 나라들을 다니며 선교활동을 하셨다. 여름방학을 맞아 나는 딸 둘과 아버지가 유학 중이던 '곤명'에 가려고 중국을 찾았다. 베이징에서 부모님을 만났다. 이틀 후에 '곤명'으로 출발하려 했는데 역에서 표를 구할 수 없었다. 휴가철에 사람들이 많이 몰린 베이징 기차역 매표소에서 숨이 막혀 쓰러질 뻔했다. 더구나 외국인 표는 몇 배로 비쌌고, 암표만 구매할 수 있었다. 결국 '곤명'에는 가지도 못했다. 나와 딸들은 부모님과 베이징에서 일주일간 지내다가 돌아왔다.

아버지는 중국 유학을 마치고, 귀국하셔서 '한국외항선교회'에서 활동을 이어가셨다. 일주일에 한 번씩 인천에서 복음을 전하는 등 선교 활동을 하였다. 일흔이 훌쩍 넘은 연세임에도 한 주간도 빠짐없이 봉사활동을 다니셨다. 어디서 그런 힘이 나오는 것일까. 그 일은 돈을 받는 것도 아니고, 오히려 당신 돈을 썼다. 어깨가 아플 정도로 온종일 붓글씨를 써서 선교하러 다니시던 아버지가 그 당시는 이해되지 않았다. 당시 나는 가치도 없는 일을 왜 하시는지 알 수 없었다.

아버지는 집에 늦게 오는 날이 거의 없었다. 시계처럼 정확했다. 평생 술과 담배는 입에 대지도 않았다. 친구도 별로 없었고 밖에서 지내는 시간도 적었다. 운동을 좋아해서 탁구를 열심히 쳤다. 여든이 넘어 갑자기 뇌졸중으로 몸의 기운이 쇠약해졌다. 그런데도 선교하는 일만큼은 손에서 놓질 않으셨다. 우리나라를 찾는 중국인에게 선교하면서 봉사하는 것을 좋아했지만, 정작 본인의 건강을 챙기지 못했다. 결국에는 아쉽게도 선교 일을 접으셨다. 하늘나라에 올라갈 때까지 선교활동을 하지 못함을 못내 안타까워하셨다.

내 나이 일흔을 넘겨서야 아버지의 인생길을 떠 올린다. 살아생전 욕심 없이 청빈하게 살다 가신 삶을 무능력하게 생각했었다. 돈도 명예도 없이, 그저 조용히 일생을 마치신 것이 못마땅했다. 나는 그렇게 살고 싶지 않아 악착같이 세상의 성공이라는 길을 살아보려고 발버둥 쳤다. 눈에 보이는 결과는 화려했지만, 마음이 편안하지 않았다. 지금에서야 아버지의 소박한 삶이 얼마나 귀하고 값진 것인지를 깨닫는다. 아버지는 생전에 말씀이 없으셨지만, 오직 묵묵히 실천하면서 모범을 보이셨다.

점점 아버지를 닮아가는 나를 본다. 무엇인가 배우고 싶은 마음의 열정이 불타는 것은 분명 아버지의 정신이 고스란히 전달되는 듯하다. 나이 듦에 주눅 들지 않고, 배우고 익히는 과정을 즐기는 것은 아버지의 외로운 길에서 배운 삶의 지혜다.

해마다 아버지 추모일이면 영전에 흰 국화꽃을 바치고, 교인들에게 점심을 대접한다. 뜨거운 여름 햇볕에 땅은 버썩버썩 마르는데 시원한 산바람이 쏠쏠 부는 하늘나라의 아버지를 그려본다. 훗날 하늘나라에서 아버지를 만난다면, 꼭 해드리고 싶은 이야기가 있다. '당신은 내 삶의 멘토입니다.'라고 말씀드리고 싶다. 늦었지만, 지금이라도 아버지가 걸어가신 길을 묵묵히 따른다. 우렁찬 매미울음에 내 하소연도 얹혀본다. 오늘따라 매미 소리가 인천가족공원의 뜨거움을 달군다.

아버지, 당신의 외로운 꽃길 인생을 사랑합니다.

알프스 티롤 여행기

낯선 곳을 향하는 것 자체가 행복이다. 나이가 들수록 치매 예방을 위해 새로운 것을 만나서 배우고 실천하며 즐기는 노년을 보낸다. 기회만 되면 세계 여러 나라를 다니고 싶은 마음도 가득하다. 알프스의 티롤 지역을 여행했다. 미국에 사는 큰딸이 지난 1월에 가족여행을 계획했다. 여행 장소와 호텔 예약까지 꼼꼼하게 살피고 세밀하게 스케줄을 짰다. 아름다운 티롤 지역을 여행하며 눈에 담고 마음에 품었던 순간들을 기록으로 남긴다.

여행길을 펼치다.

발등뼈가 부러지는 후유증으로 다리가 불편했지만, 마음은 하늘을 찌를 듯한 기세로 집을 나섰다. 인천공항에서 정오쯤 출발한 비행기는 다음 날 오후 독일의 '뮌헨'에 도착했다. 붉게 물든 노을 속 뮌헨 공항은 인천공항보다 매우 작았지만 아담했다. 광장으로 나오니 하늘이 오렌지색이다. 폭죽을 터트린 듯한 불빛이 선으로 흐르는 사이로 'Yes, to Europe'이라는 흰색 글자가 선명하게 보였다. 처음으로 발을 내딛는 뮌헨인데도 친근감이 물씬 다가왔다. 3일 동안 뮌헨을 중심으로 티롤 지역까지 이어지는 곳을 여행한 후, 알프스를 향해 출발했다.

승용차로 독일의 슈타른베르크에서 출발하여 1시간 30분쯤 지나 오스트리아의 '티롤'에 닿았다. 국경을 넘는다는 것이 참으로 간단했다. 어느 곳이 나라의 경계인지도 모르는데, 작은 국기가 표시되어 국경선임을 알려주고 있었다. 스마트폰으로 국경을 넘었다는 문자가 왔다. EU기와 오스트리아기를 보면서 알펜로즈 호텔이 가까이 있다는 것을 알 수 있었다.

티롤 지역 자연의 아름다운 풍경을 바라보다.

2년 전 겨울, 알펜로즈(Alpenrose) 호텔에 5일간 머문 적이 있었다. 그때의 추억이 아스라이 떠올랐다. 티롤의 아름다운 자연경관 속에 있는 산장호텔이었다. 관광객과 스키를 타는 사람들로 북적였다. 스키를 탈 줄 모르는 나는 그저 호텔에 머물러 수영만 즐겼다. 곤돌라를 두 번에 나눠 타고 알프스 추크슈피체(Zugspitze)산 정상에 가까이 올라갔다. 빙하와 설경 속에 묻힌 알프스산맥에 마음이 완전히 사로잡혀 영혼마저 홀린 듯 경치에 눈을 뗄 수 없었다. 하늘과 맞닿아 보이는 바위는 눈덩이로 덮여 있었다. 아래로 내려다보이는 마을은 꾸불꾸불 늘어진 좁다란 길만 실오라기처럼 보일 뿐, 집도 나무도 숨어 버렸다. 산꼭대기에서 내려올 때는 곤돌라를 탔다가 중간에 내려 눈 위를 걸으며 촉감을 느끼고 싶었다. 소녀 감성이 되살아나 정강이까지 덮인 알프스의 눈 위를 걸었다. 이제껏 처음 보고 느끼는 가장 멋진 눈 덮인 산을 미끄러지듯 비틀거리며 내려왔다. 그때의 감흥이 여전히 뇌리에 남아 있다.

여름의 알프스 풍경은 사뭇 달랐다. 흰 눈으로 가득했던 산 위에는 초록빛과 연두색 나무들이 병정처럼 서 있다. 산 정상을 이어주는 곤돌라는 여전히 오르내리며 관광객들을 실어 날랐다. 바라보는 것만으로도 동화 속의 요정이 사는 마을 같았다. 산뜻하고 단정한 알프스 나무들이 가지런히 서 있었다. 조물주가 빚은 풍경화가 담긴 한 장의 엽서를 보는 듯했다. 침엽수와 활엽수가 잘 어우러지고 좁은 길을 따라 한적하게 걸을 수 있는 길이 정겹게 나있다. 케이블카를 타고 올라가면 알프스 자락의 마을을 다 내려다볼 수 있기에 환상적이다. 가족들이 타지 않겠다고 해서 정상에 오르지 못한 것이 무척 아쉬웠다. 발이 온전했다면 혼자라도 올라갔을 것이다.

티롤 지역은 독일, 스위스, 이탈리아와 오스트리아의 잘츠부르크를 연결하는 중심지다. 알프스 자락의 아기자기한 집들과 방목하는 소들이 방울 소리를 내며 자연 속에 살아가는 모습 그대로를 볼 수 있고 느낄 수 있었다. 마을마다 축제 포스터가 펄럭이고 동화 속의 숨결이 고스란히 간직된 곳이기도 하다. 커다란 바위산 밑에 오밀조밀한 집들이 모여 있고, 좁은 길을 따라 산책길과 등산길이 조화를 이루는 모습이 아름답게 보였다.

산기슭에 신기한 야생화가 내 눈길을 사로잡았다. 노랑, 분홍, 보라와 흰색의 꽃, 그 어떤 색깔로도 표현하기 어려운 색상의 꽃도 있었다. 엉겅퀴가 억세지 않고 잔잔하게 한들거리는 모습이 마음속에 또렷하게 남았다. 달맞이꽃, 질경이꽃, 아스타, 서양 토끼풀 등은 우리나라에서도 볼 수 있는 꽃들이라서 더욱 반가웠다. 스위스 쪽 알프스에서는 에델바이스도 볼 수 있었는데, 아쉽게도 이곳에는 없었다. 낮은 둘레길을 걷다 보니 무성하게 자란 풀들과 들꽃이 마치 나를 맞이하는 것 같아 행복했다.

오솔길로 들어설 즈음에 '티롤러 추크슈피체 아레나(TIROLER ZUGSPITZ ARENA)'라는 안내판이 세워진 것을 보았다. 가족 단위의 산책코스로는 최고인 듯했다. 유치원생들이 선생님과 함께 걷고 있는 것이 정겹게 다가왔다. 첫날은 겨우 한 코스만 갔다. 가족과 함께 7코스까지 모두 가겠다고 마음먹었다. 1코스는 'Moosle'이라는 귀가 크고 커다란 눈을 가진 동물 캐릭터의 집을 둘러보았는데 신기했다. 그곳에는 집과 쉴만한 나무 등받이와 솥단지가 걸려있었다. 2코스는 이 동물에 관한 궁금증을 스무 개 정도 알아맞히는 퀴즈가 적혀있어 호기심을 자아냈다. 이런 식으로 7코스까지 연결되어 있는데, 지루하지 않게 가족 단위로 즐길 수 있는 곳이라서 특별히 오래오래 기억에 남는다. 머무는 동안 다른 곳을 가지 않고 이 코스만을 즐기는데도 행복했다. 온전히 숲속으로 이어지기에 뜨거운 햇볕을 피해 시원하게 걸을 수 있는 곳이라서 탐방하기 좋았다.

일주일 여행 중 가운데 날, 한 시간에 한 번씩 지나가는 기적소리를 내는 기차를 타고 싶었다. '레기오제트(RegioJet)'라는 빨간 색상의 열차는 깔끔하고 현대적인 디자인이었다. 뮌헨에서 출발해서 인스브루크까지 가는 알프스 관광열차다. 작은딸이 18유로짜리 하루 이용권을 두 장 샀다. 내부는 넓고 편안한 좌석, 와이파이, 전원 콘센트 등 다양한 편의 시설을 갖추고 있었다. 또한, 레기오제트는 휠체어 접근성을 고려한 설계로 장애인 승객들에게도 편리한 이동을 제공했다. 열차 여행 중에는 티롤의 아름다운 산악 풍경, 자연과 숲을 감상할 수 있었다. 특히, 알프스산맥으로 들어가는 구간에서는 한순간도 눈을 뗄 수가 없었다. 그야말로 내가 알프스 나무가 된 듯 환상적인 풍경에 빠져들었다. 너무나도 신기하고 숲이 좋아서 점심 식사 후에 또 한 번 기차를 탔다. 발등 골절 후유증으로 온전히 회복되지 않아 걷기가 불편했지만, 나에게 최고의 선물을 받은 듯 온종일 행복감이 몰려왔다.

티롤 지역은 산으로 둘러싸여서인지 경관이 빼어났다. 가정집도 있지만, 호텔과 모텔, 레스토랑과 카페가 즐비한 곳이다. 그러다 보니 캠핑하는 사람들이 많았다. 저녁에 산책하러 나가 캠핑타운을 만났다. 커다란 상점이 두 개나 있는 이유를 알 것 같았다. 작은 산골에 사는 사람보다 방문객이 더 북적이니, 먹거리와 생필품을 사는 사람이 많이 보였다.

여기저기서 고기를 굽고 채소를 씻으며 저녁 산책을 나온 사람들로 시끌
벅적했다.

유난히 이 마을에 여행하는 사람들이 많이 보였다. 스키를 탈 수 있는 시
설이 잘 갖춰진 곳이기에 겨울 성수기에는 방 구하기가 힘들다고 했다.
내겐 여름이 훨씬 좋은데, 스키 타는 사람들은 겨울에 더 많이 방문한다
고 들었다. 어린이부터 노인까지 함께 즐길 수 있는 '티롤'은 행복을 꿈꾸
게 해 주는 마술 같은 마을이었다.

알펜로즈 호텔에서 최고의 음식을 만나다.

알펜로즈의 첫날은 바삭바삭한 과자 같았다. 아침 공기가 상쾌했고, 밖
의 경치는 동화 속에 나오는 신선들과 요정들이 살고 있을 것 같은 환상
적인 풍경이었다. 아침 뷔페는 기대를 저버리지 않았다. 온갖 과일과 채
소, 고기와 빵, 치즈 등으로 가득했다. 탄수화물을 줄이기 위해 빵은 거
의 먹지 않았다. 이곳의 특징은 호텔에 들어와서 나갈 때까지 무제한 먹
을 수 있는 식탁이 차려져 있어서 좋았다.

아침 메뉴로 빼놓을 수 없는 것은 다양한 과일과 치즈가 많아 그야말로
천국이었다. 종류별로 가득하게 차려놓았다. 날마다 기본으로 12가지
이상의 싱싱한 과일과 15종류의 치즈를 내놓았다. 산골짜기 마을에 어
떻게 신선한 열대과일까지 차려져 있을까? 처음에는 눈이 휘둥그레져
과일만으로도 배부를 정도로 먹게 된다. 제대로 된 치즈 맛을 이곳에서

알게 되었다. 아직 맛보지 못했던 치즈도 자꾸 먹다 보니 차츰 섬세한 맛을 알게 되었다. 고린내처럼 독특한 냄새가 나는 치즈가 더 비싼 것이라는 말에 한 번 더 먹어보았지만, 내 입맛에는 맞지 않았다.

오렌지와 사과 그리고 당근 주스 통이 따로 있어 통째로 과일을 넣고 직접 갈아 마셨다. 오이, 생강과 셀러리를 갈아 마시는 사람들도 있었다. 3개의 주방에는 가득가득한 산해진미들이 우리를 기다리고 있었다. 이렇게 맛있는 음식을 매일 먹을 수 있다는 것이 놀라울 뿐이다. 과일로 만든 잼 종류도 다양하고 벌꿀을 사각 판에 통째로 매일 아침에 나오는 것은 경이로웠다. 엄청난 음식 차림에 눈이 휘둥그레졌다. 식사 후 디저트는 따로 다른 곳에 가지런히 차려놓았다. 아침을 잔뜩 먹었지만, 후식 장소에서 그동안 먹지 못했던 색다른 좋은 맛을 즐겼다.

점심 식사에 참석하지 않는 사람들을 위해 피크닉 도시락도 마련해 놓았다. 물과 음료수, 빵과 먹거리를 챙겨갈 수 있게 종이가방이 준비되어 있었다. 나는 처음에 멋모르고 요플레와 과일을 챙겼는데, 점심때 싱싱한 음식이 나온다는 것을 알았다. 욕심부린 음식은 결국 나중에 먹지 못했다. 식사 때마다 새로운 음식이 나오기에 나중을 위해 챙길 필요가 없었는데 그걸 몰랐다.

저녁 메뉴는 색다른 풍미를 즐기게 했다. 아침 식탁에 하루의 식단 일과표가 배달되어 소개하는 세심한 배려가 좋았다. 특별히 저녁 만찬은 세계적인 맛과 멋을 즐길 수 있는 메뉴로 짜여있었다. 아침에 저녁 메뉴의

코스를 미리 메모해 두었다. 전채요리, 수프, 메인 코스, 디저트, 그 밖의 치즈 메뉴 등을 선택할 수 있도록 하였다. 마실 것도 다양하게 준비되어 있고 서비스하는 사람들이 어찌나 친절한지 팁을 주지 않을 수 없을 정도였다. 세상에 이 서비스를 하기 위해 태어난 사람들처럼 어찌나 마음을 다하는지, 우리도 끝나는 날 고마운 마음을 담아 팁을 챙겨주었다. 아침, 점심, 어린이 뷔페, 만찬 메뉴와 음료수까지 매일매일 다양한 음식 메뉴 종이에 적힌 뉴스에 도저히 입을 다물 수가 없었다. 세상에 태어나서 가장 맛있는 음식을 한 주일 동안에 모두 맛보는 듯했다. 어느 한순간도 실망하게 하지 않는 이곳 음식의 비결은 무엇일까. 이 글을 쓰는 순간에도 그곳에 있는 듯 입가에 빙그레 미소가 지어진다.

알프스에서 만난 달팽이

손녀는 키즈 카페에서 즐기기로 하고 다른 가족들은 알프스 산기슭을 올랐다. 나는 깁스했던 발등의 상태가 좋지 않아 많이 걸을 수 없었고, 더구나 산행은 무리였다. 발에 압박붕대를 동여매고 찬찬히 한발 한 발 내디뎌 걸었다. 처음에는 아프지 않았지만, 점점 절이고 쑤시는 정도가 심한 것 같아 아주 천천히 걸어 올라갔다. 사실 겁이 났다. 좀 진정되었던 발등이 또 도질까 봐 조마조마하는 마음으로 조금 걷다가 조심스럽게 내려왔다.

다음날, 호텔에서 스틱을 빌려 다시 도전했다. 스틱이 있으니 한결 발걸음이 가뿐했다. 약 30분 정도 걸어가서 숲길로 들어갔다. 산길에서 달팽이를 만났다. 크기가 아기 주먹만 했다. 워낙 큰 크기에 깜짝 놀랐다. 달팽이의 모든 기관이 밖으로 튀어나온 것이 믿을 수 없을 정도로 색달랐다. 볼수록 참 신기했다. 딱딱한 둥근 껍질에서 나온 머리는 뿔처럼 생긴 유연한 더듬이가 두 개였다. 오톨도톨한 목덜미는 가운데 실선을 중심으로 양쪽으로 얼기설기 나누어져 있었다. 뿔처럼 난 더듬이의 촉각을 위로 세우고 이슬 머금은 풀숲에서 한 발 한 발 느리게 앞으로 향했다.

나를 알아보고 도망가는 걸까? 난생처음으로 자세히 넋 놓고 달팽이를 지켜보았다. 사진 찍고 동영상을 찍는 동안 신비한 달팽이는 느리게 움직였다. 달팽이는 앞이 보이는 걸까? 사람이 다니는 길로 향하는 것에 못내 마음이 놓이지 않았다. 두 개의 더듬이 위로 검은 점처럼 보이는 눈이 있었다. 큰 더듬이 끝에서 하늘을 향해 뻗은 눈으로 세상을 얼마나 볼 수 있을까? 한 마리는 누군가로부터 밟혔는지 온전한 모습이 아닌 껍질이 으깨져 있었다.

달팽이도 함께 지냈던 짝꿍이 없어진 것을 알까? 산에 오르는 내내 달팽이가 눈에 아른거렸다. 달팽이 가족은 어디 있을까? 크기로 보아서는 엄마나 아빠 같은데, 옆에 함께 지내던 소중한 짝이 없어진 것에 마음이 얼마나 아플까. 올라갈 때는 그 모습만 지켜보았는데, 돌아올 때는 가만히 집어서 풀숲에 넣어주었다. 풀 숲길에 있다가 그 누군가의 등산화에

밟혀 희생된다면 어쩌나. 생각만 해도 아찔하고 불쌍했다. 나는 '달팽이야, 잘 지내렴. 알프스 자락의 길섶에서 꿋꿋하게 잘 살아내렴'이라고 가만히 속삭이며 행운을 빌었다. 달팽이도 내 마음을 알기 바랐다. 프랑스에서는 달팽이 요리가 고급 요리라는 말을 들은 적이 있다. 몸의 크기와 색깔 및 생김새를 보니 식용 달팽이와 비슷했다. 끓는 물에 데쳐 마늘과 버터, 파슬리 등을 껍질 속에 넣고 오븐에 넣어 굽는 요리라고 했다. 아무리 달팽이 요리가 맛있다고 하지만, 어찌 이렇게 연약한 더듬이를 내미는 달팽이를 먹을 수 있을까. 마음이 아팠다.

유럽의 누드 문화를 적다.

오후에는 호텔 수영장에서 매일 헤엄을 쳤다. 넓은 수영장에 사람이 별로 없어 얼마든지 즐길 수 있어 좋았다. 발이 빨리 낫기를 바라며 수영장에서 왔다 갔다 걸으며 물속에서 놀았다. 수영을 마치고 '스파(spa)'에 갔다. 여러 가지 시설이 갖춰져 있었다. 이곳은 '누드룸'이기에 어른들만 출입할 수 있었다. 우리나라에서는 감히 상상도 못 할 일이다. 아무것도 걸치지 않고 '소금방'에 앉아 있는 사람들을 보고 놀라서 허둥지둥 나왔다. 딸들과 나는 수영복을 입었지만, 남자들은 발가벗은 채로 'Hello'라며 인사를 건네는데 섬찟하였다. 너무 다른 문화적 충격에 차마 인사를 건넬 수 없었다. 서양에서는 남녀 구분 없이 사우나를 즐기는데 깜짝 놀랐다. 겨울에 찾았을 때는 이곳에 들어오지 않았기에 이런 곳이 있다는 것도 몰랐다.

'물침대방'은 누워서 한숨 잠을 자는 코너였다. 여섯 개의 물침대가 준비되어 있고 눈가리개와 음악을 즐길 수 있었다. 음악을 들으면서 휴식을 즐기거나 낮잠을 잘 수 있어 드나드는 사람들이 더러 있었다. 족욕을 하는 곳은 물 색깔이 바뀌면서 더운물로 시작해서 차츰 찬물이 나올 때까지 즐겼다. 잔잔하게 흐르는 물에 발이 간지럼을 타면서 즐거웠기에 하루에 한 번씩 족욕을 했다. 수영장 옆의 나무로 된 '스파룸'에서는 명상과 휴식을 할 수 있었다. 나무로 온통 둘러싸인 곳에서 북유럽의 스칸디나비아반도의 온천을 연상케 했다. 부드러운 나무 마루에 나무 베개를 베고 잔잔한 음악을 들으며 누워있는 동안 저절로 잠이 쏟아졌다. 여러 개의 '스파룸'중에서 나무 방이 가장 맘에 들었다.

우주정거장처럼 생긴 '스팀룸'은 가족 모두가 즐길 수 있는 곳이기에 손녀도 함께 어울렸다. 남자와 여자가 엄격하게 구분된 사우나에 익숙한 나로서는 이해하기 힘든 문화였다. 나중에 샤워하는 곳도 남녀 공용이어서 그야말로 서양과 동양의 색다른 문화충격으로 오랫동안 머릿속이 혼란했다.

꿈결 같았던 티롤 여행을 마무리한다.

여행하는 동안 날씨는 최고였다. 저녁과 새벽에는 비가 왔지만, 낮에는 대부분 맑고 쾌청했으며 바삭바삭한 초여름 날씨로 호텔에서 즐기는 데는 안성맞춤이었다. 내 생전에 이렇게 좋은 호텔에 또 언제 와 볼 수 있을까. 다리가 온전하지 않았지만, 나로서는 최고의 휴식과 명상의 시간을 보냈다. 그 무엇 하나 허술함이 없는 알펜로즈에서의 일주일이 쏜살같이 지나갔다. 우리 가족이 기대했던 감동을 넘어섰기에 가족들과 2년 안에 다시 이곳을 찾기로 약속했다.

꿈같은 알프스 티롤 지역 여행이 홀연히 지나갔다. 눈 감으면 그곳 풍경이 머릿속에 가득하다. 겨울과 여름의 모습이 사뭇 다른 알프스의 산자락 마을과 사람들의 환한 미소가 그립다. 겨울에 꼭꼭 숨었던 요정들이 여름에 날아다니는 곳에 젖은 듯 나도 그들처럼 행복에 빠졌다. 귀한 여행길에 보고 만나며 느꼈던 것들이 지금도 온통 나를 뒤흔든다. 내 삶에서 소중한 한 페이지로 장식된 알프스 숲속 요정들에게 오늘은 편지라도 써보고 싶다. '여전히 행복한 꿈을 간직하고 있다고….'

손도순

수필가, 심리상담사, 독서심리상담사, 노인심리상담사,
논술지도사, 평생교육사

경력:

서울디지털대학 문예창작학과 졸업
가톨릭대학교 평생교육원 〈나를 찾는 글쓰기〉 과정 수료(2015년 – 2020년)
부천 상동도서관 〈문학멘토링 詩 클래스〉 참여(2022년~2024년)
부천문화재단 부천시민작가 선정(도시다감: 감정사전 중년편, 2024년)
㈜그랜드밸 근무
㈜피쉬코리아지비테크 근무

현재)(사)한국문인협회 부천지부 회원
　　　〈수필공방문학회〉 회원
　　　부천인생이모작 지원센터 상담사로 근무

수상:

제39회 복사골예술제 백일장 당선(한국문인협회 부천지부, 2024년)
〈한국산문〉 수필 부문 신인상 수상 및 등단(2024년)

산수유

계절은 누군가의 추억을 담고 오는 것 같다. 가로수로 심은 은행나무의 잎 사이로 유난히 붉은 열매가 눈에 들어왔다. 근처에 나무가 없는데 어디서 왔을까. 이 길을 7년 동안 오갔는데, 눈에 덮여있던 붉은 열매가 처음으로 눈에 띄었다. 가로수로 심은 산수유(山茱萸)에 달린 열매가 익어 붉디붉다. 올망졸망한 열매들이 저릿한 그리움을 불러온다.

지난여름, 농가의 빈집 개량 사업으로 허물어 버린 유년의 고향 집터를 보고 왔다. 내 고향은 전북 지리산 자락, 신라 시대 흥덕왕 때 창건된 실상사가 내려다보이는 산내면이다. 지금은 남의 소유가 되었지만, 고향집 빈터를 보니 헛헛함이 밀려왔다. 추억의 그림자 속에서 오글오글 모인 가족의 들끓는 메아리가 들리는 듯했다. 분주한 세상에 매몰되어 살아가는 화장기 없는 나의 모습에서 풋풋하고 여리던 소녀 시절을 꺼냈다.

골짜기가 깊은 산골은 겨울이 빨리 왔다. 유년의 우리 집 뒤란은 감나무, 밤나무, 호두나무, 산수유나무, 등 유실수들이 많았다. 나와 동생은 산수유 열매를 수확할 때 종종 일손을 거들었다. 산수유잎이 몸에 닿지 않게 조심해야 했다. 몸에 스치면 피부가 부어올랐기 때문이다. 피부에 닿으면 어머니는 민간요법으로 싸리 빗자루를 불에 그을려 온몸을 쓸어 주었다. 그 덕분인지 몰라도 신기하게도 다음 날이면 붓기가 사그라지곤 했다.

할머니와 어머니는 수확한 산수유 열매에서 씨를 발라냈다. 해가 지면 달빛에 의지해 동생과 씨를 발라내는 일을 했는데 매우 힘들었다. 마르고 까만 얼굴에 하얀 이를 드러내고 고사리 같은 손으로 일손을 도왔다. 3대가 옹기종기 앉아 희망을 발라냈다. 앞니를 이용하여 열매를 살짝 물어 씨를 빼내고 껍질은 따로 바구니에 담았다. 저녁 내내 작업하다 보면 혀가 마비되어 신맛을 구분할 수 없을 정도였다. 그나마 잘 익은 열매는 홍시처럼 씨를 바를 사이도 없이 입속으로 신맛이 확 퍼졌다. 덕분에 산수유즙을 많이 먹었다. 단단하고 덜 익은 것은 더 시큼하고 떫어 먹을 수 없지만, 말랑말랑한 것은 그런대로 먹을 만했다. 어머니는 "몸에 좋은 약재를 먹는다고 생각해라."라고 하셨다. 산수유즙 덕분인지 감기에 걸리지 않고 건강하게 자랐다.

가끔 여동생과 지난 이야기를 하다 보면, 산수유 씨를 발라내던 이야기는 꼭 빠지지 않는다. 동생은 씨 발라내는 게 싫어 신경질이 많이 났다고 한다. 옆집에 텔레비전 보러 가고 싶어도 갈 수가 없어 엄마를 원망했다. 씨 발라내는 게 얼마나 싫었으면 오십이 넘었어도 어머니에 대한 원망이 산수유 씨처럼 남아 있는 듯하다.

우리 마을은 50여 가구가 살았는데, 두어 집만 텔레비전이 있었다. 저녁이 되면 옆집에 TV 보러 갈 궁리만 했었다. 밥숟갈을 놓자마자 설거지를 간단히 하고 한발은 반쯤 내놓고 있었다. 할머니는 어느새 눈치를 채고 "아이고 야 야! 산수유 씨는 처녀 입으로 까야 약이 된다고 하더라. 그러니까, 얼른얼른 까야 한당께, 이거 팔아서 운동화 사주마."라고 하셨다. 할머니의 말을 이기지 못하고, 나와 동생은 산수유 씨를 발라냈다. 마지못해 실눈을 감고 씨를 입안에 넣어 굴렸다.

산수유꽃은 봄을 알리는 대표적인 꽃으로 손꼽는다. 이른 봄에 피었다가 지면서 열매가 맺히는데, 늦은 가을에야 여문다. 내리쬐는 뙤약볕에서 고스란히 여름을 견뎌낸다. 어른거리는 꽃이 그림자처럼 피어나지만, 꽃 속에는 빛이 가득 머물러 있다. 꽃은 존재의 중량감이라곤 전혀 없고, 어렴풋한 기운만 파스텔처럼 산야에 번져 주변의 나무들과 조화를 이룬다. 흔적 없이 사그라진 꽃 대신 달린 열매는 첫서리를 맞으며 붉은빛으로 첫눈과 대조를 이뤄 반짝거렸다.

산수유나무 잎은 단풍이 들지 않지만, 열매가 단풍처럼 곱다. 길쭉한 타원형의 붉은 열매는 보는 이로 하여금 감탄을 자아낸다. 첫눈이 내리는 날에는 눈 사이로 보이는 빨간 열매들이 애처롭다. 몸에 좋다 하여 남쪽 지방에서 '효자 나무'로 불렸다. 실제로 나무 한 그루에서 수확한 산수유 열매에서 씨를 발라내고 말리면 약재로 쓸 과육은 그리 많지 않았다. 약재로 쓰기 위해 많은 손길이 필요했다.

가격은 어른들이 거래하는 일이라 알 수는 없었지만, 꽤 비싼 것 같았다. 산수유 씨는 독성이 있어 씨를 발라내고 말려 한약재로 썼다. '동의보감에' 산수유는 음(陰)을 왕성하게 하며 신장의 정(精)과 기(氣)를 보하며 성기능을 높이고 음경을 딴딴하고 크게 한다.'라고 쓰여 있다. 할머니가 씨를 바르며 처녀 이야기를 하셨던 것이 이와 연관된 건 아녔을까.

예전에는 우리나라의 중부 지방의 이남 지역에 주로 분포했지만. 요즘은 아파트 정원수나 도심 공원에서도 많이 볼 수 있다. 하지만, 산수유 나무 옆을 스치기만 해도 가슴이 아리다. 척박한 환경에서 온 힘을 다해 자식을 키워내고 싶은 부모님의 모습이 환영처럼 떠오른다.

지난 세월을 돌이켜 보면 잊히지 않은 그리움이 가을 낙엽처럼 쌓여 있다. 요즘도 어려운 일을 마주하면 씨를 발라낼 때의 인내를 떠올린다. 아득한 시절, 고통스럽던 그 추억은 삶에서 힘든 과정을 이겨내는 자양분이 되었다. 삶에서 겪는 차별과 힘듦을 이겨내야만, 좋은 약성을 지닌 산수유의 열매처럼 아름다운 결실을 볼 것이다.

그동안 보이지 않던 산수유나무가 보였던 것은 일상의 속도와 시간의 흐름을 잠시 멈추라는 의미는 아닐까. 삶은 산수유 씨를 발라내듯 시큼하고 떫으나, 아득한 추억의 가을 길을 걸으면 애틋한 그리움이 눈 사이에서 붉게 빛난다.

– 제39회 복사골예술제 백일장 수상작 –

열무김치

베어놓은 풀에서 고향 냄새가 풀풀 난다. 풀 향기가 짙게 스며들수록 아련히 묵혀 두었던 그리운 입맛이 생각난다. 여름이면 돌확에 풋고추와 마늘을 넣어 갈고 열무김치를 버무렸다. 입가에 흥건히 묻혀가며 먹던 시절이 아른거린다. 유년 시절의 가난은 누구나 겪어내야 하는 삶의 일부분이었다. 1970년대 가난은 극복대상이 아니라, 운명처럼 받아들일 수밖에 없는 시대였다. 내게도 춥고 힘든 시절이었다.

쌀이 귀해 쌀로 밥을 짓는 대신 밀가루 한 포대로 여름을 나기도 했다. 그나마 감자가 있어서 수제비를 끓여 먹곤 했던 기억이 가물거린다. 그 중에 콩밭에서 자란 연하면서도 싱싱한 열무는 잃어버린 입맛을 돌아오게 하였다. 콩밭에 이리저리 씨를 뿌려만 주면, 약속이라도 한 듯 돋아나 잘 자랐다. 시골 농가의 여름 한때 없어서는 안 될 남새이기도 했다. 추수하기 전 농가의 푼돈 마련에도 더없이 요긴한 작물이었다. 그나마 우리 집은 밭이 작아 가족이 먹고살기도 바듯했지만, 이웃 사람들은 오일장에 내다 팔았다.

고향인 남원에서는 여름이면 고추와 감자, 식은 밥을 양념 삼아 콩밭 열무로 김치를 담갔다. 어머니는 한여름 뙤약볕을 등에 지고 밭에서 금방 딴 홍고추, 제피, 감자와 식은밥 한 덩이를 넣고 확독(돌확: 돌을 우묵하게 파서 절구 모양으로 만든 물건)에 갈았다. 열무는 찬밥의 끈기와 손잡고 양념이 어우러져 착 안기는 맛이 일품이었다. 배도 출출하고 먹을 게 별로 없던 시절, 김치가 완성될 때까지 우리 6남매는 자리를 뜨지 않았다. 제피는 특유의 향에 "아휴 매워"라고 하면서도 독특한 맛에 먹고 또 먹었다. 둥근 돌확에 둘러앉아 밥 한 덩이만으로도 잔치가 벌어졌다.

그로부터 십 년 후 고향을 떠나 대전으로 이사했다. 어머니는 옛 맛을 잊지 못했다. 가끔 큰댁에서 제사를 모시고 오는 날이면, 다른 건 몰라도 남원 콩밭에서 자란 열무를 머리에 이고 오셨다. 나는 과자류를 원했지만, 나만의 생각이었다. 다 같은 채소인데 뭐 그리 대단한 것처럼 고향에서 궁색하게 사 들고 왔다고 생각했다. 나는 속으로 "열무가 다 똑같지, 남원 열무라고 별다를까."라고 중얼거리며 이해하지 못했다. 결혼 전에는 어머니의 극성스러운 입맛에 대한 집착이 싫었다. 내가 봐도 별다른 차이를 느낄 수 없었으니 말이다.

시댁은 '일산 열무'를 선호했다. '일산 열무'는 경기도 고양시 일산에서 재배하는 열무로 30년 전에 인기를 누렸다. 결혼하고 거의 2주에 한 번씩 열무김치를 담갔다. 김치를 담그는 날이면 너무 귀찮아 나도 모르게 입을 내밀었다. 속으로 불만이 있었지만, 겉으로 표현하지 못하고 말없이 거들기만 했다. 담그기는 쉬워도, 잘 무르는 편이라 자주 담가야 했다.

세월이 흘러 어머니의 나이가 되자 입맛도 닮아갔다. 철모른 시절 볼멘소리하며 투정 부렸던 마음이 후회되었다. 여러 지방 열무김치를 먹어봤다. 줄기가 뻣뻣하고 약간의 쓴맛이 났다. 입맛이 예민한 나는, 열무에서 석유 냄새를 맡았다. 알고 보니 상하지 말라고 열무 묶음 사이에 신문지를 켜켜이 끼워 팔기도 했는데, 거기에서 배어 나온 냄새였을 것이다. 그런 이유로 단골 가게가 아니면 사지 않는다.

중년이 된 어느 날, 동창회에 참석할 겸 고향엘 갔다. 친구들과 어울려 열무김치를 담가왔다. 어느 광고의 문구가 생각이 났다. "그래, 이 맛이야." 유년의 기억 속에 각인된 바로 그 맛이었다. 열무를 한입 먹어본 순간, 그 추억의 맛을 뇌가 기억해 냈다. 어머니의 열무 사랑을 이해할 수가 있었다. 남원 콩밭에서 자란 열무는 줄기가 가느다랗고 잎이 넓어 김치를 담가놓으면 확연히 차이가 났다. 일반 열무는 씹을 때 약간의 질긴 심이 있지만, 남원 콩밭에서 자란 열무는 줄기가 연해서 물김치로는 그만이었다. 지금도 고향에 갈 때 오일장이 겹치면 운 좋게 열무를 사 온다.

그동안 나는 '일산 열무'를 많이 담가 먹었다. 하지만 시간이 갈수록 예전 같은 맛이 나지 않았다. 우연한 기회에 단골 가게에서 인기 있는 '동두천 열무'를 권해주었다. 가격은 10% 정도 비쌌지만, 속는 셈 치고 샀다. 그나마 동두천 열무에서 예전에 먹었던 '남원 콩밭 열무'의 맛을 조금 느낄 수가 있었다. 일산에서 자란 열무도 좋지만, 동두천 열무는 줄기에 심지가 없어 예전의 입맛을 돋우는 데 아주 제격이었다. 동두천은 낮은 기온과 깨끗한 공기와 물 등의 적합한 생육조건과 드문드문 거리를 두고 기르면서 유기질 비료를 사용하여 열무의 식감이 아삭하다.

「예부터 우리가 여름에 자주 먹은 김치의 대표적 식자재로는 열무가 있다. 열무란 '어린 무' 또는 '더위(暑)를 없앤다'(無)는 이름이다. 비타민과 무기질이 고루 들어 있어 한여름 땀으로 빠져나간 무기질을 보충해 주는 최고의 채소다. 라고 전한다」

- 〈조선 요리 제법〉 방신영(1890~1977) 중에-

열무는 잎이 연하고 섬유질이 풍부한 알칼리성 채소다. 식욕을 증진하며 배가 부른 느낌을 준다. 말린 고추나 홍고추를 갈아 넣어 국물이 자작한 물김치도 여름철에 열을 식히며 원기 회복을 돕는다.
벼가 익어 갈 무렵이면 논두렁에서 참새를 쫓으며 지냈다. 점심으로 싸온 열무김치와 보리밥 한 덩이로 배고픔을 잊었던 추억이 생각난다. 긴긴해에 햇감자를 쪄서 열무김치를 얹어 먹었던 기억이 새롭다. 소화를 돕는 합리적인 방법이었다. 지금도 잘 익은 김치의 독특한 향내는 그 시절을 소환해 준다. 약간 거칠고 걸쭉한 국물에 소박한 고향 맛이 스며있다. 시원하게 익은 김칫국물을 넉넉히 부어 국수나 냉면을 말아 먹어도 그만이다.

인생의 반세기를 훌쩍 넘기고 나니 혀도 예전 같지 않다. 소녀 시절 곁에서 머물러 있던 가난은 이제 저만치 물러나 중년을 지나고 있다. 양념이 들어가고 간이 배어 숙성되어야 비로소 맛이 드는 김치처럼, 우리의 삶도 다양한 분야가 버무려져야 한다. 세상살이도 어우렁더우렁 어울려야 사람 사는 세상의 맛을 낼 수 있다. 감각과 소화 기능이 떨어지고 섬세하게 맛을 감별하던 미각도 무뎌져 간다. 그도 그럴 것이, 몸 구석구석이 달라졌는데, 혀라고 예외일까. 무디어졌다는 것은 그만큼 세상과 친해지고 포용력이 생긴 것이라고 자신을 위로한다.

어머니의 밥상에는 늘 손과 발이 노곤함이 담겨있었다. 시각과 후각, 미각 등 모든 감각에 자극을 주어 옛 기억을 되살리게 하는 어머니의 자식 사랑의 맛. 다시는 느낄 수는 없지만, 동생들과 콧물을 훔치며 먹었던 추억의 맛이 그립다.

필경사

시간이 흘러간 자리에는 흔적이 남는다. 세월의 흔적, 역사의 흔적, 그리고 사람의 흔적. 우리는 살아가면서 저마다 인생의 흔적이 있다. 이러한 흔적은 고스란히 남아 어느 순간 누군가와 마주한다.

여름의 끝자락, 뜨거운 태양 아래 충청남도 당진에 있는 '심훈 문학관'을 찾았다. 문학에 대한 꿈을 품은 나로선 설렘을 감출 수 없었다. 익숙한 이름이지만 '필경사'라는 단어는 생소하게 다가왔다. 그가 살던 공간에 발을 들이자마자, 시간 너머에 머물러 있는 그의 숨결과 문학의 향기가 은은히 스며드는 듯했다.

문화해설사의 안내에 따라 문학관을 천천히 둘러보았다. 전시장은 군더더기 없이 정갈하게 꾸며져 있었고, 심훈의 후손들과 관계자들이 기증한 유물들이 세심하게 전시되어 있었다. 조용하고 소박한 이곳에서 그의 삶과 문학에 담긴 저항 정신을 차분히 되새길 수 있었다.

문학관 중앙에 자리한 심훈의 동상 앞에서 잠시 발걸음이 멈췄다. 결연한 눈빛과 굳게 다문 입술은 마치 그가 쓴 시와 소설 속의 강렬한 메시지를 현실 속으로 끌어오는 듯했다. 심훈은 사회적 불평등과 부조리를 날카롭게 비판하며, 특히 농민과 노동자의 권익을 대변하는 글을 남겼다. 현실의 고통을 피하지 않고 직시했으며, 계급 간의 갈등과 가난 속에서도 희망을 잃지 않는 사람들의 이야기를 그려냈다. 그의 작품은 단순한 문학을 넘어선 사회적 선언이었고, 변혁을 꿈꾸는 이들의 마음에 불씨가 되었다.

검은 뿔테안경 너머로 깊은 눈빛이 빛났다. 유난히 눈에 들어온 검은 안경은 시력 때문만은 아니었다. 일제강점기 제국주의 순사와 끄나풀들의 검문을 피하려는 지혜가 그의 얼굴에 평생의 표식으로 남았다. 그 눈엔 언제나 흔들림 없는 신념이 서려 있었다. 시대의 억압이 아무리 짙게 내려앉아도 그의 마음속엔 희망의 불씨가 꺼지지 않았다.

아득한 밤하늘 아래서도 별을 잃지 않는 사람처럼, 암울한 시대 속에서도 민족의 독립을 꿈꾸며 한 줄 한 줄 글을 써 내려갔다. 그의 펜은 마치 새벽의 미풍처럼 조용했지만, 강한 힘을 지녔다. 어떤 고난도 의지를 꺾지 못했다. 그러하기에 그가 쓴 문장은 시대를 넘어 지금까지도 사람들의 마음에 깊은 울림으로 남아 있다.

그는 창자를 쥐어짜는 듯한 고통 속에서도 펜을 놓지 않았다. 애통한 마음은 글로써 저항의 불꽃이 되었고, 젊음이 다시 돌아오지 않음을 알면서도 펜 끝은 서슬 퍼런 칼날보다 무거운 책임을 짊어지고 부러지지 않았다.

대표작 〈상록수〉의 원고와 시, 편지들이 전시되어 탈색된 종이 위에 그의 필체들이 삶과 작품 세계를 생생하게 느낄 수 있었다. 심훈은 글을 쓰는 사람을 넘어, 글 속에 시대의 아픔과 민족의 열망을 담아냈다. 단순한 시인도, 소설가도 아니었다. 펜을 들어 민중의 어둠을 밝혔고, 글로써 자유의 노래를 불렀다. 일제의 탄압 앞에서도 침묵하지 않았다. 문학이란 그의 무기였고, 영화와 언론은 그의 목소리가 되었다. 심훈은 글을 쓰는 사람을 넘어, 그 글 속에 시대의 아픔과 민족의 열망을 담아낸 진정한 저항의 작가였다.

〈상록수〉는 단순한 소설이 아니다. 실재 인물들을 바탕으로 한 농촌 계몽 소설로, 그의 사상과 이상이 고스란히 녹아 있었다. 주인공 '박동혁'은 심훈의 조카인 '심재영'을 모델로 했고, '채영신'은 농촌 계몽운동에 헌신한 '최용신'을 기반으로 했다. 현실 속 인물들의 삶을 통해 그는 변화와 희망을 이야기하며, 고단한 현실 속에서도 농민과 노동자들이 꿈을 잃지 않기를 바랐다.

심훈의 작품은 단지 문학에 머물지 않고 현실과 맞닿아 있다. 그의 글 속에는 사회의 불평등을 바로잡고자 하는 강렬한 열망과 함께, 가장 낮은 곳에 있는 이들을 향한 연민과 사랑이 가득했다. 그의 글은 칼보다 강한 무기였고, 시대의 폭풍 속에서도 꺾이지 않는 상록수였다.

전시관을 나오며 우연히 눈길이 머문 사진이 있었다. 손기정 선수의 마라톤 사진이었다. 문득, 이 사진과 심훈 사이에 어떤 연관이 있을까 궁금해졌다. 알고 보니, 1936년 8월, 세상을 떠나기 한 달 전 심훈은 베를린 올림픽에서 손기정과 남승룡이 거둔 마라톤 우승 소식을 듣고 즉흥적으로 시 〈오오, 조선의 남아여〉를 지었다고 한다. 그 시를 읽는 순간, 나 역시 가슴 깊은 곳에서 벅찬 감동과 자부심이 솟구쳐 올랐다.

일제강점기라는 억압의 시간 속에서 손기정과 남승룡의 승리는 단순한 스포츠 종목의 우승이 아니었다. 잊혀가던 조선의 혼을 다시 깨우고, 오랫동안 눌려 있던 민족적 자긍심을 되찾아준 빛나는 사건이었다. 심훈의 시는 이들의 성취를 찬양하며, 조국의 승리를 자신의 승리처럼 노래했다. "형용 못 할 감격에 떨린다!"라는 구절에서는 조선인들이 품어온 억눌린 열망과 분노, 그리고 그 모든 인내 끝에 찾아온 승리의 기쁨이 생생하게 느껴졌다.

시의 마지막 부분에서, 심훈은 마치 전 세계를 향해 단숨에 외치고 싶은 듯 힘찬 목소리를 담아낸다. "인제도 인제도 너희들은 우리를 약한 족속이라고 부를 터이냐!"라는 외침은 깊고도 강렬했다. 그것은 단순한 문장이 아니었다. 수많은 시련 속에서도 끝내 무너지지 않는 조선의 굳건한 정신을 선언하는 강력한 메시지였다. 그 순간, 나는 심훈의 목소리가 시공을 넘어 나의 가슴에도 울리는 듯한 기분이 들었다. 그의 시가 품은 감격과 분노, 그리고 희망은 한 시대를 넘어 여전히 우리 안에 살아 숨 쉬고 있었다.

문학관과 필경사 사이 잔디밭에 세워진 시비에는 그의 저항 시 〈그날이

오면〉이 새겨져 있었다. 필경사 좌측에 자리한 묘와 그 앞의 '건국훈장 애국장 추서비'가 눈에 들어왔다. 그의 삶과 문학이 단순한 개인의 이야기가 아니라 민족과 시대를 향한 헌신이었음을 다시금 느꼈다.

해설사의 설명에 따르면, 심훈의 묘를 고향으로 모시는 일은 결코 쉽지 않았다고 한다. 지자체 간의 이해관계가 얽혀, 당진으로 이장하는 과정은 늦은 밤 몰래 이루어져야 했다. 그의 고향으로 돌아가는 길조차 순탄치 않았다는 이야기에 마음 한편이 묵직해졌다. 삶을 다 바쳐 나라를 사랑한 그의 유해가 고향에 온전히 안착하기까지도 수많은 장애물이 있었다는 사실이 씁쓸했다. 문학으로 시대를 바꾸고자 했던 그의 열망이 오늘날의 현실 속에서도 여전히 투쟁을 요구하는 것처럼 느껴졌다. 심훈의 작품은 단지 이상적인 사회를 그린 것이 아니라, 사회적 불평등과 부조리를 향한 분노와 변화에 대한 염원을 담은 현실적인 외침이었다. 나는 그가 마주한 시대의 고난이 여전히 끝나지 않은 싸움이라고 생각하였다.

이곳을 방문하지 않았다면 심훈의 삶과 작품이 담고 있는 깊은 의미를 온전히 느끼지 못했을 것이다. 단순한 문학가가 아니라, 농부의 마음으로 글을 쓰면서 시와 소설과 영화를 넘나드는 다재다능한 현대적 예술가였음을 깨달았다. 그의 작품에는 단순한 개인적 성취가 아닌 민족과 사회의 변화를 꿈꾸는 열정이 녹아 있었다. 이 여행은 그저 과거를 돌아보는 일이 아니라, 심훈의 정신을 오늘의 삶 속에 되살리고자 하는 의미 있는 시간이 되었다.

필경사 옆 묘에서 그의 발자취를 또렷이 느낄 수 있었다. 그가 고향에 모셔지기까지의 험난했던 과정은, 세월이 흘러도 여전히 그의 정신이 투쟁과 헌신의 상징임을 말해주는 듯했다. 그가 남긴 흔적 속에서 나약했던 내 마음을 돌아보았다. 불편한 현실을 마주할 용기조차 없이 회피하던 지난날들이 스쳐 지나갔다. 문득 스스로에게, '내 삶의 발자국은 어떤 모습으로 남게 될까?'라고 물었다.

이번 여행은 나에게 '글은 세상을 비추는 거울이며, 사람들의 마음을 움직이는 힘이다.'라는 큰 깨달음을 얻었다. 심훈의 문학이 단지 아름다운 문장을 넘어 사람들의 고통과 희망을 함께 나눈 것처럼, 나도 작가로서 누군가의 마음을 위로하고 공감하는 글을 쓰고 싶다. 글이란 단순한 기록이 아니라, 세상과 소통하는 창이라는 것을 가슴에 새긴다. 문학관을 떠나는 길에 잔디밭 위로 불어온 바람이 내 마음속의 무언가를 조용히 건드렸다. 심훈의 문학이 전한 저항과 희망의 정신이 내 안에 새롭게 싹트는 것 같았다.

나는 글을 통해 어떤 흔적이 남을 수 있을까? 앞으로 나의 글이 누군가에게 감성을 깨우는 계기가 되기를 꿈꾼다.

인생 이모작

살면서 한 번씩 삶의 씨앗을 심는다. 어릴 적 꿈꾸었던 직업, 이루고 싶었던 목표, 어떤 삶을 살 것인지 생각하게 된다. 꿈을 위해 땀 흘리고 애써 가꾸어 나가며 싹은 돋고 열매를 맺는다. 그러나 어느 날 문득 돌아보면, 밭은 한계에 다다라, 더는 비옥하지 않음을 깨닫는다. 가끔 두려움에 사로잡히며 탈진하기도 한다. 무엇을 심어야 할지 모르며 공허함을 느낄 때도 있다.

요즈음 은퇴 후에 다가올 인생 이모작을 준비해야겠다는 생각을 많이 한다. 평균수명이 늘어나 100세 시대를 바라보고 있다. '이모작(二毛作)'이란 농경사회에서 단일 경작지에서 작물을 일 년에 두 번 재배하는 방법이다. '인생 이모작'은 젊음을 불사르던 직장 생활을 마치고, 새로운 일을 하면서 노년을 보내는 삶을 일컫는다. 퇴직이라는 공허에서 벗어나 잠시 쉬어가며, 무엇을 좋아하는지 찾는 여정이다. 그간의 경험과 지혜를 모아 새로운 밭을 일구는 것이다. 삶의 무게를 가볍게 받아들이며, 나를 위해 심어야 할 씨앗이 무엇인지 들여다본다.

은퇴한 후에 살아갈 제2막, 제3막의 인생을 미리미리 준비한다. 시시각각 발전하고 변하는 사회에서 영원한 직장이 별로 없다. 40대에 들어서면 머지않아 은퇴를 걱정해야 할 나이다. 무섭게 변하는 세태와 직장 분위기 때문이다.

인생 1막은 가족을 위해 살았다면, 2막은 나를 위한 삶을 살아야 한다는 생각을 많이 한다. 어릴 적 꿈꾸었던 나로 다시 태어나 산다는 큰 의미다. 고령화로 노년의 삶을 자신이 미리미리 준비하지 않으면 어려운 환경에 처하게 된다. 자신의 삶을 2세에게 기댈 수 없는 사회 환경 때문이다.

'심리상담사'와 '독서지도사' 자격을 취득하여'사회공헌활동'에 참여하였다. 2024년 봄눈이 녹을 무렵 '부천 인생 이모작 지원센터'에서 상담사로 근무를 시작했다. 50 · 60세대를 상담하는 일이다. 누구에게도 말할 수 없는 마음속 답답한 이야기를 듣고 해결 방법을 안내한다. 부천 시민이 행복한 노후를 맞이할 수 있도록 노후 준비 서비스도 제공한다. '노후 준비 서비스'란, 재무, 건강, 여가, 대인관계를 영역별로 진단지에 작성하면 노후 준비 수준이 적정한지를 점검할 수 있다.

'인생 이모작'에서 다양한 내담자를 만났다. 어느 내담자는 은퇴 전에는 가족부양을 위하여 직장과 집을 오가며 살았다. 퇴직하고 보니 여가를 어떻게 보내야 할지 막막하다며 찾아왔다. 평소에 하고 싶은 취미가 있으신지, 무엇을 할 때 제일 즐거운지 답을 찾아가기도 했다. 인문학 공부와 여행 등을 하고 싶다는 내담자가 많았다. 평생교육 프로그램을 소개하며 꿈을 다지게 안내했다. 현재는 평생교육 시대다. 배우고자 하는 마음만 있으면 무료로 프로그램을 수강할 기회가 많다. 삶의 배움을 채우고 싶은 내담자들은 평생학습 프로그램들을 안내했다.

작은 일을 하면서 취미활동을 병행하는 일자리를 원하는 내담자가 많았다. 내담자 중에 55세에서 79세 고령층 인구 60%가 취업을 희망하고 있지만, 일자리의 한계가 있다 보니 그런 부분에 일자리가 모자라 안타깝기도 했다. 아직도 일하고 싶은 열정은 많은 나이였다. 한 분의 내담자는 오래도록 가슴속에 간직했던 음악에 관심에서 새로운 악기를 배우고 싶다는 소망을 이야기했다. 시니어를 위한 기타 교실을 찾아, 취미로 나아갈 수 있도록 기타 줄을 찾아 주었다.

이모작의 씨앗이 오롯이 내가 진정으로 원하는 것에서 시작하는 사람들이 많다. 타인의 기대에 맞춰 억지로 심어지는 씨앗이 아니라, 내 마음속 깊은 곳에서부터 솟아오르는 열망을 심고 있었다. 삶의 다양한 소리에 귀를 기울이고, 소리가 이끄는 대로 나만의 씨앗을 심어가는 삶. 그것이야말로 참된 행복이라고 생각한다.

나에게 이모작은 글을 쓰는 삶이다. 첫 번째 밭에서 가족과 일터를 위해 바쁘게 달렸다. 어느덧 삶이 여유로워지고 마음속 공간이 찾아왔다. 처음엔 불안했지만, 나의 재능이 무엇인지를 찾으면서 깨달았다. 오랫동안 해보고 싶었지만, 늘 미뤘던 글쓰기를 시작했다. 처음엔 단순한 분노의 글쓰기였다. 점점 더 깊이 파고들수록 자신을 발견하고 치유하는 시간임을 알게 되었다. 글을 통해 원망과 잃어버린 자신과 다시 연결할 수 있었다. 글쓰기를 시작하고부터 삶이 달라 보였다. 내가 꿈꾸던 수필가로 등단하는 기쁨도 맛보았다. 우울했던 마음도 차츰 사라져 인생 2막의 여정을 걸으며 카타르시스를 느꼈다. 여러 내담자와 상담하면서 스트레스나 우울감 등 정서적 어려움 및 대인관계에 어려움을 겪는 사람이 많다는 것을 알게 되었다.

'인생 이모작 지원센터'에서 글쓰기를 통해 얻은 경험을 토대로 특화 프로그램 그림책을 읽고 집단 상담을 하였다. 생각 외로 그림책은 인기가 많았다. 어린 시절의 순수한 감성의 추억을 떠올리게 했다. 그림책은 단순히 아이들만의 전유물이 아니었다. 성인들에게도 큰 힐링의 도구가 되었다. 짧은 문장과 따뜻한 그림만으로도 쉽게 이야기에 몰입할 수 있었다. 일종의 자조 모임과 같은 성격으로 그림책을 매개로 참여자들이 자신의 이야기를 스스럼없이 꺼냈다. 감동을 빠르게 전달하며, 상상력을 자극하고 바쁜 일상에서 벗어나 마음의 안정을 찾고 스트레스를 해소하는 데 도움을 주기도 했다.

그림책으로'힐링 프로그램'을 진행하며 책 읽기를 좋아하는 중년들이 많다는 것에 놀랐다. 일종의 자조(自助) 모임 같은 역할을 하며 성장의 씨앗이 커가기도 했다. 참가자들이 자신을 표현하고 소통하면서 서로의 어려움을 이해하고 돕고 새로운 관계를 형성하기도 했다. 단순한 그림책

읽기에서 나아가 동아리도 만들고 싶다는 내담자들이 많았다. 성공하고 인정받아야 한다는 중압감에서 벗어나 오롯이 나만을 위한 시간을 가졌다. 그것은 오히려 자신과의 대화를 이어가는 과정이었다.

은퇴 이후에 삶의 방식을 찾아가는 보편적인 생애 목표가 존재하지 않아 다르다. 스스로 삶의 목표를 설정하고 자기 주도형으로 살아가는 자유 여행이다. 출세하고 돈을 많이 버는 성공이 은퇴 전 인생의 목표였다면, 은퇴 후에는 성장이다. 인생 이모작은 어떤 대단한 성공을 이루기 위한 것이 아니다. 인생의 첫 번째 밭에서 배운 것들을 소중히 간직하되, 새로운 밭에서는 조금 더 자유롭고 진솔하게 나를 표현할 수 있는 씨앗을 심는 것이다.

때로는 가꾸는 과정 자체에서 기쁨을 찾아가는 과정이었다. 우리의 삶은 여전히 여물지 않을 가능성으로 가득하지만, 인생 이모작이란 새로운 불씨를 피우는 삶이다. 나이가 들었다고 마음마저 늙지는 않는다. 평생을 어떻게 살 것인가를 고민한 톨스토이는 "성장이란, 나 자신이 더 나아지는 것, 끊임없이 더욱 나은 사람이 되어가는 것, 자신을 알고 이해하고, 자신과 좋은 관계를 맺으면서, 최선의 나를 만들어 가는 것, 이것이 인생의 진정한 의미."라고 했다.

'인생 이모작 지원센터'에서 다양한 상담을 통해 성장하는 간접경험의 길을 걸었다. 내담자와 상담을 진행하는 과정에서 시행착오를 겪어야만 얻을 수 있는 삶의 지혜도 쌓여갔다. 나만의 아집, 편견과 고정관념의

벽에 갇혀 지냈던 틀에서 벗어나길 바라며, 지식보다는 지혜로 살자는 마음을 다잡는다. 지금까지 터득한 연륜의 가치인 지혜를 전수하고, 삶을 풍요롭게 하는 어른의 역할이 무엇인지 깨달았다. 흔히들 '시니어는 움직이는 백과사전이다.'라고 한다. 경험이 풍부한 시니어들은 신·구 세대 간의 갈등 해소는 물론, 혹시 있을 수 있는 부정적 이미지 개선에도 크게 도움이 될 것이다.

등이 굽은 대나무

폭설이 쏟아졌다. 아파트 창밖 정원 대나무들이 눈의 무게에 눌려 허리가 반으로 휘었다. 고운 자태로 바람을 맞으며 춤을 추던 대나무들이다. 대나무가 정원수로 자란다는 건 결코 쉬운 일이 아니다. 죽순이 대나무로 우뚝 자라기까지 늘 위태롭다. 어린 시절 나는 죽순을 먹지 않았다. 어느 순간부터 죽순이 몸에 좋다는 이야기가 들려왔다. 새싹이 움트는 봄, 죽순이 고개를 내밀자마자 할머니들에게 뽑혔다. 손길을 피해 대나무로 자란 나무들이 폭설 앞에서 힘없이 굽어있다. 휘어진 대나무를 보니 마치 삶의 무게를 지고 있는 어머니의 모습을 닮았다.

나만의 수호신이랄까? 가끔 힘들 때, 창 너머 대나무를 바라보며 삶의 위안을 얻었다. 대나무의 모습을 지켜보는 것만으로도 한결 편안함을 느꼈다. 비바람이 거세게 몰아치는 날이면 대나무는 몸을 낮추어 바람을 받아낸다. 그 순간을 지켜보며 대나무는 바람을 거스르지 않는다는 것을 깨달았다. 오히려 바람과 함께 춤을 추었다. 바람이 멈춘 뒤에도 대나무는 다시 제자리도 돌아와 하늘로 뻗는다. 푸른빛으로 가득 채운

창으로 보이는 풍경은 내 마음을 은은히 어루만졌다.

사계절 푸름을 잊지 않는 대나무는 말이 없지만, 보고 있으면 마음이 맑아진다. 그것은 단지 자연의 모습 때문이 아니다. 대나무가 품은 시간 속에 '인내와 비움'이라는 가르침이 나를 그들이 외치는 소리에 스며들게 한다. 부모님이 살아낸 삶처럼 '살아가는 일은 휘어지되 부러지지 않는 것'이라며 어머니가 속삭이는 것 같다.

유년의 시골집 뒤란은 대나무밭이었다. 나와 동생의 키가 아버지의 장화가 허리춤에 닿을락 말락 하던 시절, 함박눈이 쏟아지면 아버지는 뒤뜰로 우리를 부르셨다. 대나무가 부러질지 모른다며 눈을 털어야 한다고 했다. 마땅한 도구가 없어 부엌 아궁이의 재를 퍼내는 고무래를 들고서 대나무밭에 올랐다. 나와 동생은 발끝마다 푹푹 빠져드는 눈 속을 걸으며 새하얀 세상을 만났다. 끝없이 펼쳐진 대밭을 걷는 것이 동화 속 악당을 물리치는 것처럼 험난하고 고된 일이라는 것을 알았다.

대나무들은 눈의 무게에 눌려 푸른 등이 활처럼 휘어있었다. 죄지은 사람처럼 고개를 숙이며 댓잎마다 눈송이가 내려앉았다. 그 모습이 어린 마음에도 안쓰러워 보였다. 우리는 온 힘을 다해 힘껏 대나무의 등을 두드렸다. 힘이 약해서 그런지 한 번 두드려서는 고개를 들지 못했다. 서너 번 두드리고 나서야 흰 눈이 춤추듯 떨어져 머리카락과 옷자락에 고요히 앉았다. 그제야 쑥버무리 같은 댓잎은 눈을 털어내고 파란 잎을 번쩍 들어 올렸다. 마치 기쁨의 춤을 추며 화답하는 듯했다. 웃음소리가 대나무 속으로 울려 퍼졌다. 댓잎 위에 앉아 있는 눈들이 웃음소리에 놀라 떨어지기도 했다.

머리 위로 눈꽃이 떨어져 앞을 가려도 대나무가 일어서는 모습을 보며 신이 났다. 대나무는 눈의 무게를 털어내고 금세 본래의 생기를 되찾았다. 현실과 먼 곳에서 잠시 마법 같은 순간을 살았던 것처럼 느꼈다. 마법 같은 순간이 가능했던 건 어머니의 대나무 같은 성품 덕분이었다.

어머니의 모습은 대나무를 많이 닮았다. 차가운 물에 손을 담그고 빨래할 때면 손끝이 얼음처럼 차가웠지만, 마음에는 강인한 생명의 온기가 있었다. 마치 눈 속에서도 푸름을 잊지 않는 대나무처럼 혹독한 계절에도 휘지 않았다. 대나무가 바람에 흔들려도 부러지지 않듯, 어머니의 마음도 쉽게 꺾이지 않았다. 삶의 무게가 아무리 짓눌러도 언제 그랬느냐며 다시 일어서서 일상을 이어갔다. 추운 계절이면 빨랫줄에 걸린 옷들이 덕장에 매달아 놓은 명태처럼 굳어가며 어머니의 힘든 세월의 흔적을 담아냈다. 거칠어진 손은 대나무 숲처럼 자식들에게 바람과 비를 막아주는 견고한 벽이 되었다. 손끝에서는 가족을 향한 무한한 사랑이 흘러나왔다. 대숲에서 울려 퍼지는 웃음소리처럼 우리의 부족함을 채워주었다.

어머니는 어떤 시련이 와도 흔들리지 않던 모습이 대나무의 푸름과 같았다. 당신의 욕심을 비워내고, 빈자리에 자식을 위한 오롯한 희망과 따스함을 채우셨다. 비움은 약함이 아니었다. 오히려 텅 빈 대나무 속에 사랑을 담아낼 수 있는 강함이었다.

내 마음속에는 당신의 헌신을 기리며 공덕비를 세운다. 비석에는 "이곳에 대나무의 결처럼 단단하고 푸름이 곧게 내 안에 서 있었다."라고 비문을 새길 것이다. 대나무가 곧게 하늘로 솟듯이 어머니의 사랑도 내 삶을 넘어 다음 세대에게 이어질 것이다. 어머니의 말 없는 희생은 내 삶을 지탱하는 힘이 되었고, 지금도 그렇게 나를 일으켜 세운다.

눈을 털어낸 대나무가 굽었던 허리를 폈다. 언제나처럼 몸을 곧추세우고 의젓하다. 대나무는 비어 있는 속과는 달리 꽉 찬 심성을 지니고 있다. 가늘고 긴 줄기들이 마치 하늘에 닿으려는 듯한 방향으로만 곧게 뻗는 이유도 이 때문이다. 어떤 어려움에도 굴하지 않고 뿌리를 깊이 내리며 단단한 삶으로 이어진다. 가만한 바람이 건드리자, 고통의 시간이 지나면 평온한 일상이 찾아온다고 속삭이며 댓잎을 흔든다.

윤은숙

경력:

방송통신대학교 사회복지학과 졸업
하나복지회 인쇄 · 출판사 근무(2014.01.~2022.06.)

현재)〈수필공방 문학회〉 회원
　　　강진향교 재직
　　　네이버 블로그 '리치의 심심타파 글쓰기'운영

노란 민들레

소소리바람이 봄 오는 것을 시샘한다. 성질 사나운 시누이 심술 같다. 조금만 기다리면 봄 물결이 넘실거리겠지만, 아직도 두꺼운 옷을 집어넣지 못하고 입고 다닌다. 햇볕이 있을 때는 따뜻하지만, 아침저녁에는 여전히 추워서 몸을 움츠린다.

새벽이 상쾌하다. 가슴 깊숙이 숨을 들이마시고 하늘을 쳐다본다. 아직 해가 뜨지 않았지만, 고운 비취색 하늘이 참 보기 좋다. 요즘에는 하늘을 자주 쳐다본다. 하늘에 손톱 모양의 상현달이 아직 산으로 넘어가지 않고 산꼭대기에 걸려 쉬고 있다.

구름은 그림을 그리며 봄 잔치를 기다린다. 높고 넓은 하늘을 보면 마음이 둥둥 떠서 하늘을 날고 싶을 때가 있다. 매일 매일 바뀌는 솜털 같은 뭉게구름이 흐르는 것을 보며, 저 구름은 어디에서 왔다가 어디로 가는 걸까 궁금해진다. 어떤 날에는 구름 한 점 없는 청잣빛이다. 시시때때로 바뀌는 하늘이 새롭고, 보는 즐거움이 특별하다. 하늘이라는 커다란 스케치북에 조물주가 온 세상 사람들이 보고 기뻐하는 것을 보고 싶어 그림을 그리는 것일까. 초봄 날씨는 겨울과 봄 사이 어디에 서 있는지도 이제는 헷갈린다. 무채색과 유채색의 싸움 같다.

논둑길을 걸으며 봄의 기운을 느낀다. 차가운 바람을 뚫고 쑥이 수줍은 듯 얼굴을 뾰족 내밀고 '봄이 왔어요.'라고 인사한다. 이것만이 아니다. 땅속 어둡고 깊은 곳에서 봄이 오는 것을 어찌 알았을까! 성질 급한 노란 민들레꽃도 좁은 돌 틈을 비집고 얼굴을 내밀고 웃는다. 민들레의 꽃말은 '행복''감사하는 마음'이라고 한다. 꽃말이 참 따뜻하고 예쁘다. 노란 민들레는 겨울을 보내면서 삭막한 내 마음을 건드린다. 민들레 홀씨는 바람이 불면 멀리멀리 날아가 씨를 뿌린다. 그 덕분에 지천으로 퍼진 예쁜 민들레를 볼 수 있다. 어렸을 때 둥근 사탕 모양의 솜털에 싸인 민들레 씨앗을 장난삼아 입으로 '후'하며 불곤 했다. 바람이 불면 씨앗은 어느 순간 날아가고 줄기만 남는다.

민들레는 나물로도 해 먹는다. 꽃이 피기 전에 뽑아 뜨거운 물에 데쳐 초고추장에 무쳐 먹어도 맛있다. 해열, 소염, 정혈, 이뇨, 담즙분비를 촉진한다고 알려져 있다. 우리 몸에 좋은 것은 쓰다고 엄마가 말씀하시면서 자주 요리해 주셨다. 어릴 때 맛이 없어서 먹지 않았지만, 지금은 없어서 못 먹는 나물이다. 지금은 몸에 좋다고 하면 뭐든 잘 먹는다. 길가에 핀 민들레지만 생명력이 대단하다. 척박한 땅에 돋아난 억척스러움을 보면 어릴 때 직장에서 일하며 주경야독으로 공부했을 때가 생각난다.

가정형편이 어려워 진학하지 못하고, '언젠가는 공부해야지'라고 생각했다. 직장생활을 하다 보니 세월이 흘러 스무 살이 되었다. 낮에는 일하고 저녁에 방송고등학교에 다니는 친구가 있었다. 알아보니 회사에서 편리를 봐주어 다닌다고 했다. 나도 다니고 싶었지만, 내성적인 성격이라 선뜻 회사에 알아보지 못했다.

교회 오빠가 검정고시를 준비한다고 했다. "나도 공부하고 싶은데 검정고시 학원에 다닐 수 있어요?"라고 물었더니 다닐 수 있다고 자세하게 알려주었다. 공부가 너무 하고 싶어서 가르쳐 준 대로 학원에 등록하고, 낮에는 일하고 밤에는 학원에서 공부하기 시작했다. 말이 주경야독이지 학원에 가면 졸리고 배가 고팠다. 아침에 일어나 한밤중에 별을 보며 숙소에 들어갈 때면 고향 생각이 많이 났다.

학원에 고등학교 과정을 등록해 수강했는데, 워낙 기초가 없어서 어렵고 힘이 들었다. 특히 영어와 수학은 어려웠다. 그렇다고 포기할 수는 없었다. 공부가 너무도 하고 싶었고 친구들은 고등학교에 다니고 있는데, 너무 부럽고 서러웠다.

제대로 먹지도 못하고 공부하였는데, 영양실조까지 걸려서 일어나지도 못했다. 이러다 사람 잡겠다고 직장동료들이 학원을 그만두라고 했지만, 포기하지 않았다. 어떻게 시작한 공부인데, 그만둘 수가 없었다. 직장의 K 언니가 종합영양제인 '삐콤'을 사다주면서 열심히 하라고 응원해줘서 눈물이 났다. 지금도 그때를 생각하면 K 언니를 만나 눈물 나게 고마웠다. 언젠가 만난다면 밤새 이야기하고 싶다.

고등학교 과정에 합격한 후로는 직장을 옮겼다. 당당히 이력서에 고등학교 졸업이라고 쓸 수 있어 자신감이 생겼다. 마음 깊숙한 곳에 응어리가 풀리는 날이었다. 어릴 적부터 겪어온 가난과 고난이 나를 강하게 하고 지금까지의 근면 성실하게 만들었다. 그러한 고생이 없었다면, 지금의 나는 어떻게 살고 있을까 돌아본다.

운동 삼아 동네를 한 바퀴 돌다 보니, 수북한 눈을 온몸에 덮인 동백꽃이 피었다가 지고 있었다. 분홍빛 매화가 활짝 피어 찹쌀가루처럼 몽글고 아름답다. 겨울을 잘 견디어 봉오리가 맺어있는 것을 볼 수 있어 행복하다. 며칠 지나서 보니 한두 송이가 피어있는 것을 보았다. 날씨가 조금만 포근해도 매화가 활짝 피어있다. 정말 봄이 오고 있다. 날씨가 따뜻해지면 더 많은 봄꽃이 잔치를 열 것 같다. 꽁꽁 뭉쳐있던 꽃들이 몽글거리며 긴장을 푼다. 꽃샘바람의 시샘이 밉기만 하다.

봄꽃들은 엄동설한을 견디고 새 생명으로 처음 꽃을 피우기 때문인지 참으로 화사하고 예쁘다. 자연의 지혜를 노란 민들레가 주는 것처럼 척박한 인생이 힘들고 서릿발 눈보라가 친다고 해도 역경을 이겨내면, 찬란하고 기쁨의 날이 온다. 땅속에서 힘든 계절을 보내지만, 봄이 오는 것을 알아채고 세상 밖으로 나가야 하는 때를 아는 지혜를 배운다.

민들레의 꽃말을 새삼 마음속 깊이 새긴다. 아무리 어렵고 힘든 일이 닥친다고 하더라도 악착같이 이겨내며 희망을 틔우는 민들레를 본다. 어려운 일이 닥쳐도 감사하며 행복한 삶을 꿈꾼다.

빗속을 걸었다

산과 들에 푸르름이 일렁인다. 하얀 개망초꽃과 노란 달맞이꽃이 사이 사이에 피어 잘 어울리고 보기에도 예쁘다. 산책하다가 우연히 마주친 꽃이 눈길을 사로잡는다. 자세히 들여다보니 하얀 꽃잎과 노란 꽃 수술이 아기 손처럼 앙증스럽다. 꽃의 자태가 너무도 아름다워 사진을 찍어 지인들에게 카카오톡으로 아침 인사를 보낸다. 곧바로 친구가 화사하고 예쁜 꽃을 보며 산책하는 내가 부럽다며 답글을 보내왔다.

친정집 냉장고가 고장났다. 소형냉장고가 있어, '식재료를 조금씩 사서 반찬을 만들어 먹자'라는 생각으로 사지 않았다. 꼭 필요한 만큼만 사니 절약이 되는 것 같았다. 그런데 냉동실이 부족했다. 말랑말랑한 떡을 가져오면 바로 냉동실에 넣어 두었다가 먹고 싶을 때 꺼내면 먹기 좋다. 부엌에서 한 시간가량 지나면, 처음에 넣었을 때처럼 말씬하여 바로 먹을 수 있다. 밖에다 두면 딱딱하게 굳어지기에 쪄서 먹을 수밖에 없어 속상할 때가 한두 번이 아니었다.

고민 끝에 중간 정도 용량의 중형냉장고를 인터넷으로 주문했다. 이틀 후에 배달된다는 문자가 왔다. 퇴근 시간 이후에 오라고 했다. 그런데 근무 시간이 끝나지 않았는데 냉장고를 집에 가져왔다고 배달하신 분이 전화했다. 회사 대표께 집에 일이 있다고 말한 뒤, 헐레벌떡 집으로 왔다.

냉장고를 가져온 기사가 이미 냉장고를 설치하고 있었다. 약속했던 시간에 오지 않고 일찍 와서 구순을 앞둔 엄마 혼자 계시는데, 냉장고를 설치하는 것에 화가 났다. 게다가 냉장고를 놓은 위치가 마음에 들지 않아, 내가 원하는 곳으로 다시 옮겨 놓았다. 새로 산 냉장고를 청소하여 쓰고 있던 냉장고에 있던 음식을 정리해 냉장고에 넣어 두었다. 냉장고 두 개를 옮기고, 정리하는데 엄마가 곁에서 자꾸 쉬라고 하니 화가 났다. 이래저래 화가 났지만, 말도 못 하고 속으로 삭이느라 힘이 들었다. 쓰던 냉장고를 깨끗이 청소해서 작은방에 놓아두었다. 부엌을 청소하고, 거실 바닥을 청소했다. 냉장고에 들어 있는 음식을 옮기는 것이 금방 끝날 일이 아니었다. 한참을 해야 한다. 꼼꼼하게 정리하면서 청소하는데, 쉬라고 하니까 짜증이 났다. 그렇다고 엄마한테 화를 낼 수도 없고, 대신하시라고 말할 수도 없는 노릇이다. 내 마음도 모르고 잔소리하는 것 같아 속상했다.

빗소리가 들렸다. 문을 열어보니 비가 제법 많이 내리고 있었다. 청소를 마치고 음식물 쓰레기를 버리고 나니 피곤했다. 속상한 마음에 누워 쉬어도 마음 편하게 쉬어질 것 같지 않았다. 우산을 쓰고 집 밖으로 나왔다.

논둑을 걷는데, 속상했던 마음에 나도 모르게 눈물이 뚝뚝 떨어졌다.
우산을 쓰고 논둑길을 한참 걷는데 '개망초''달맞이''금계국'이 나를 반겼
다. 꽃을 보며 이런 생각, 저런 생각을 하다 보니 화가 조금 누그러졌다.
친구가 전화했다. "비 오는데 뭐해?"라고 물었다. 우산 쓰고 운동 중이
라고 했더니, 비 오는데 무슨 운동을 하느냐면서 집에 들어가라고 하였
다. "지금 머리 식히고 있어."라고 대답하였더니. 친구가 속상한 일이
있으면 말하라고 하는 말을 듣고 눈물이 핑 돌았다. 직장에서 속상했던
일과 냉장고 때문에 엄마와 말다툼했던 자초지종을 넋두리하고 나니 속
이 후련했다. 마음이 풀리자, 마치 내 마음을 알고 전화해 준 것 같아서
친구가 고마웠다.

비가 내린 흔적을 머금은 촉촉한 공기가 왠지 모르게 기분이 좋게 느껴
지는 것은 생명력 때문일지 모른다. 한동안 비가 오지 않아 모든 식물과
채소가 목이 말랐다. 목마름을 해갈할 수 있도록 물을 실컷 마시고 싱
싱하게 자라기를 바랐다. 만물에 생명을 불어넣고 활기를 띠게 도와주
는 것, 이것이 비가 주는 경제적인 이로움보다 더 큰 가치라는 것은 분
명하다.

마음이 풀려 집으로 돌아가는 길에 꽃과 풀잎에도 빗방울이 방울방울 맺
혀있어 내 얼굴이 비친다. 집 옆 남새밭의 고춧잎과 호박잎에도 빗방울
이 또르르 구르며 싱그러움을 더해준다. 채소들이 기분이 좋은 듯 하루
사이지만 키가 더 큰 것 같다. 이번 비를 맞으면 고추와 호박이 주렁주렁

달려 여름 식탁을 즐겁게 해줄 수 있다고 약속하는 것처럼 보인다.

달맞이꽃의 꽃말은 '말 없는 사랑''기다림'이다. 나를 낳아주고 키워 주었지만, 마음이 같을 수 없다는 것을 새삼 알았다. 검었던 머리카락이 파뿌리처럼 백발이 되신 엄마가 나와 생각이 같을 수는 없다. 고생하는 딸을 보고 있으니까 안타까워서 말씀하시는 것을 잘 알고 있다. 엄마 마음을 모르는 것은 아니다. 나름대로 열심히 일하고 있는데 잔소리하시는 것으로 들렸다. 내가 화가 나서 나간 것에 엄마도 속상하셨을 것이다. 엄마가 주무시는 모습을 보니 몸집이 많이 작아진 것 같아 마음이 애잔하다. 달맞이꽃의 꽃말처럼, 엄마의 말 없는 사랑을 새삼 깨닫는다. 아직도 이기적이고 철없는 딸이다.

개망초의 꽃말은 '화해'이다. 요즘에는 화가 나거나 속이 상하면 밖에 나가 들꽃과 풀들을 보면서 위안으로 삼는다. 초록색인 볏논을 보고 있으면 화난 마음이 스르르 풀어진다. 자연을 벗하면서 점점 친해지고 있다. 남새밭에 가보니 애호박이 주렁주렁 달렸다. 저녁 상차림은 엄마가 좋아하는 애호박과 풋고추를 따 와서 감자 송송 썰어 넣고 된장을 풀어 된장국을 맛있게 끓였다. 구수한 맛에 하루의 피로가 녹는다. 엄마의 입가에 슬그머니 번지는 웃음이 소녀처럼 예쁘다.

마중물

온 산이 초록으로 물들어가고 있다. 초여름이라고는 하지만, 햇발이 뜨겁게 오른다. 며칠 동안 쿵 쿵 쿵, 드르륵, 쿵 쿵 쿵 거리는 소리가 멀리서부터 점점 가까이 들린다. 농촌이지만, 마을 전체 상수도관을 묻는 공사를 하는 소리다. 친정집에도 수도관을 연결하려고 마당에 줄을 긋고 굴착기로 땅을 팠다. 시멘트 포장 바닥을 깨뜨린 조각들을 큰 트럭에 싣고, 땅을 파는 작업을 했다. 수도관을 묻고 흙으로 덮으며, 그 위에서 시멘트를 발랐다.

일하시는 분이 "오늘부터 수돗물 나오니 틀어서 사용하세요."라고 했다. 수도꼭지를 돌리니 물이 콸콸 쏟아졌다. 마당에서는 지하수를 쓰고, 부엌과 화장실에서는 수돗물을 쓰도록 주문했는데 원하는 대로 설치해 주었다. 이제까지 펌프에서 수도꼭지만 연결하여 지하수를 사용하고 있었다. 그동안 물이 적게 나와 답답했는데, 시원하게 나오는 수돗물을 보니 눈물이 나왔다. 드디어 농촌 마을에도 상수도가 들어와 편리함을 느끼면서, 어렸을 때의 추억을 더듬어 본다.

1970년대 초, 내가 살던 동네 마을회관 옆에 우물이 하나밖에 없었다. 마실 물과 밥 짓는 등 물을 길으러 우물에 갔다. 엄마가 논에 일하러 가시느라 바빠서 큰 항아리에 물을 가득 채워놓으라고 하셨다. 두레박으로 물을 퍼 올려, 욕심껏 가득 담아 똬리를 머리에 올리고 양동이를 이고 왔다. 양동이에 담긴 물이 찰람찰람하여 넘쳐흘러 옷이 다 젖었다. 물이 흘러내리다 보니 반밖에 남지 않아 몇 번을 오고 가야 큰 항아리를 채울 수 있었다. 나중에는 요령이 생겨 2/3만큼 담고, 바가지에 물을 조금 담아 양동이에 넣었다. 신기하게도 출렁임이 심하지 않아 물이 흐르지 않고, 옷도 젖지 않았다. 욕심을 부리면 안 된다는 것을 어렸을 때부터 배운 셈이다.

양동이를 머리에 이면 옷도 젖고 아팠다. 우물에 가는 것이 싫었지만 어쩔 수 없었다. 몇 년이 지났을 때, 더는 물 길으러 다니지 않아도 되었다. 아버지께서 우리집 마당의 한쪽에 땅을 파고, 펌프를 묻어 지하수를 사용했다. 펌프에 마중물을 한 바가지 부어 부지런히 손잡이를 올렸다 내렸다 하면 땅속 깊은 곳을 흐르는 지하수가 펌프 주둥이로 콸콸 쏟아져 나왔다. 반가움에 나도 몰래 환호성을 질렀다. 눈앞에 펼쳐진 '유레카'였다. 아버지께서 손재주가 남달리 좋으셔서 새로운 것을 누구보다 먼저 만드셨다. 동네 사람들이 구경하고, 자기네 집에도 펌프를 놓아주라고 부탁했다. 아버지는 일감이 몰려들어 매우 바쁘셨다.

아버지가 논에서 일하시고 땀을 흘리고 오시면 "은숙아, 등목 좀 해 주라"라고 하셨다. 나는 얼른 가서 지하수에서 나오는 시원한 펌프 물을 바가지로 퍼서 아버지 등에 부었다. "아이고 시원하다. 이제 살 것 같다."라면서 좋아하셨다. 평소 살가운 성격은 아니었지만, 아버지는 딸이 하나라고 무척 잘 챙기셨다.

펌프 덕분에 동네 우물에 더는 가지는 않았지만, 마을 공동 빨래터에 빨래하러 갔다. 아주머니들과 여자아이들이 빨랫감을 가지고 모였다. 옹기종기 앉아 옷에 비누칠하고, 주물러 방망이로 팡팡 두드려가며 깨끗하게 빨았다. 지저분했던 옷이 본래의 색이 되면 속상한 마음이 펑 뚫린 것처럼 시원했다. 아주머니들은 남편 흉을 보면서 빨래에 방망이로 화풀이한다고 하셨다.

아주머니들의 입담을 듣는 것은 동네 뉴스를 보는 것과 같았다. 빨래터에서 동네 소문을 듣고 엄마에게 전달하면, 아무 말씀 없이 미소를 지으셨다. 햇빛 좋은 날, 바지랑대에 매단 빨랫줄에 빨래를 널어놓으면, 바람 따라 잠자리와 함께 너울너울 옷들이 신나게 춤을 추었다. 하루해가 저물어 갈 때쯤 뽀송뽀송하게 말라서 새물내가 나는 옷을 얼굴에 비벼보았다. 보송보송하고, 보들보들한 촉감이 부드러웠다. 옷을 입은 가족들의 모습을 상상하니 기쁘고 기분이 날아갈 듯 좋았다.

상수도를 사용하니 도시에서 사는 것처럼 편리했다. 지하수를 세탁기에 받으려면 한참이 걸렸는데, 수돗물을 사용하니 시간이 단축되었다. 지금은 세탁기가 빨래를 대신한다. 세상은 날로 좋아지고 살기 편해지지만, 어렸을 때의 추억은 잊히지 않는다. 물을 사 먹는 시대가 온다는 말은 먼 나라 이야기인 줄 알았다. 우리나라도 물을 사 먹는 시대가 되었다.

우물에서 물을 긷고, 양동이에 담은 물을 머리에 이고 다니던 모습은 동화의 한 장면처럼 아름다웠다. 펌프에서 쏟아지던 지하수에 등목하던 정겨운 그림도 아득한 그리움으로 남았다. 시골까지 상수도가 보급되면서 생활의 편리함이 삶의 질을 높여주었지만, 추억은 여전히 마음에 남아 있다. 불편하다는 것을 모르고 살았던 그 시절은 사람들과의 사이에 정이 더 많았던 것 같다. 빨랫방망이를 두들기던 그 사람들은 모두 어떤 모습으로 살고 있을까. 지그시 눈을 감으면, 공동 빨래터에서 빨래하던 모습이 수채화처럼 눈에 펼쳐진다.

문명이 주는 편리함과 어릴 적 정겹던 추억이 번갈아 스친다. 두레박으로 퍼 올리던 우물물, 펌프에 마중물을 부어 물을 끌어 올리던 편리함에 환호성을 질렀다. 이제는 시골에도 집마다 상수도가 연결되었다. 상수도는 또 다른 미래의 편리한 삶을 이어주는 마중물이다.

우리의 삶도 마중물 역할을 한다. 그 어느 것도 세월의 흐름을 비켜 갈 수 없다. 내 삶의 황혼도 노을처럼 아름답고 예뻤으면 좋겠다. 내가 살아온 발자취가 아이들에게 마중물로 기억되었으면 하는 바람이다.

설악산 진드기

꼼지락꼼지락 새순이 돋는다. 텃밭에 쑥갓씨를 뿌렸는데 비가 내렸다. 일주일가량 지나니 새싹이 흙을 비집고 얼굴을 수줍게 내밀고 인사한다. 한참을 쪼그리고 앉아 '이렇게 예쁜 이파리가 어떻게 나왔을까?'라며 조심조심 손으로 어루만졌다.

하늘을 쳐다보니 구름이 몽실몽실 떠다니고 있다. 먼 산을 보니 연두색이었던 나무들이 점점 초록색으로 모습을 바꾼다. '지금 산에 다니면 참 좋은 계절인데'라고 생각하니 설악산 대청봉에 가기 위해 열심히 산에 다니며, 운동했던 기억이 났다. 설악산에서 진드기에게 물렸던 기억이 살포시 고개를 내민다.

설악산 오색약수터에서 출발하여 5시간 대장정의 산행으로 대청봉 정상에 도착했다. 광활한 산과 바다가 보였다. 요즘에는 산에서 '야호'라는 소리를 지르지 못하게 한다. 산에 사는 동물들이 놀라기 때문이다. 야생 동물도 평온하게 살 권리가 있고, 당연히 보호해야 한다. 산 정상에 오른 기분은 말로 표현할 수가 없었다. 하늘이 바로 눈앞에 가까이 보이고, 대청봉 정상에서 내려다보이는 경치의 아름다움은 선녀가 내려오는 것 같았다. 강원도의 아름다운 풍광이 내려다보인다. 내 발로 대청봉 정상에 올랐다는 사실에 감격하고 감개무량했다. 산을 오르면서 흘린 땀을 보상이라도 한 것처럼 그동안의 노고(勞苦)가 한순간에 날아갔다.

먼저 오른 직원은 정상에서 인증사진 찍느라 바쁘다. 대청봉에 올라왔다는 기념으로 회사 대표님과 모든 직원이 활짝 웃으며 단체 사진을 찍었다. 새벽에 일어나 아침도 못 먹고 출발하여 간식만 먹었기에 배고픔이 밀려왔다.

내려갈 때는 올라왔던 길이 아닌 양폭과 비선대 쪽으로 내려갔다. 다리가 불편하여 대청봉에 오르지 못한 직원들을 비선대에서 만나 산 아래에서 저녁을 먹기로 했다. 직원들과 식당으로 가는데 한쪽 귀의 볼이 가려웠다. 화장실에 가서 거울을 보니 새끼손가락 손톱만큼 크기의 시꺼먼 벌레가 붙어있었다. 따끔거리거나 아프지 않고 가렵기만 하여 '떨어지면 괜찮겠지'라는 생각으로 무시하고 저녁을 먹었다.

대표님이 건배사를 외치고, 직원이 건네는 막걸리를 받아마셨다. 산행하느라 목이 말랐는데 시원하고 갈증이 해소되었다. 낙산해수욕장이 보이는 리조트 숙소에 들어와서 씻고 잠을 잤다. 잠결인데도 머리가 아프고, 벌레 물린 귀가 가렵고 아팠다. 조금 가렵기만 했는데, 일어나서 세수하고 거울을 보니 빨갛고 부어있고 심하게 열이 났다.

'이런! 보통 일이 아니구나.'라는 생각에 덜컥 겁이 났다. 직원에게 말했더니 귓불에 무언가가 박혀 있다고 했다. 빼준다고 하였으나 귓불이 부어 빠지지를 않았다. 벌레가 물었는데 막걸리를 마셔서 열이 나고 심해진 것 같았다. 마실 때는 시원하고 맛이 있었는데, 이것이 화가 될 줄은 꿈에도 몰랐다. 나중에 알고 보니, 진드기에게 물리면 죽을 수도 있다는 말을 듣고 조심해야겠다고 생각했다.

직원들이 걱정하며 병원에 빨리 가는 것이 좋겠다고 하였다. 구경거리가 되어버렸다. 아프고 속이 상했다. 낯선 양양에 아는 사람도 없고 어느 병원에 가야 할지 몰라 망막했다. 마치 거래처 사장님께서 협찬한다고 개인차를 가지고 숙소에 찾아오셨다. 병원에 가야 하니 데려다 달라고 부탁하자, 흔쾌히 병원에 데려다주었다.

회사 단합대회에 가서 병원에 가다니 완전 민폐를 끼쳤다. 의사 선생님을 만나고 자초지종을 설명하니, 핀셋으로 진드기를 빼고 염증 치료하는 약 3일분을 처방해 주고 아프면 또 오라고 했다. 부천에서 왔다고 자초지종을 말하고, 일주일 분량의 약을 받아왔다. 약을 먹고 열도 내리고 아프지 않아서 다행이었다.

우리 사회에도 진드기처럼 민폐를 끼치는 사람이 있다. 대중매체를 볼 때면 매일 험악한 뉴스를 접한다. 사랑하는 사람에게 '사랑'이라는 가짜 옷을 입고 괴롭히는 연인들도 있다. 서로 사랑하다가 성격이 맞지 않아 헤어지자고 하면 시원하게 헤어지면 좋으련만, 그렇지 않다. 집착한 나머지 부모님과 형제를 괴롭혀 죽음에 이르게 하거나 스토커가 되어 견딜 수 없게 한다.

며칠 전 뉴스에서도 수석으로 대학에 합격하여 의대에 들어간 청년이 여자 친구가 헤어지자고 하였다는 이유로 살인을 저지르는 사건이 있었다. 여자의 부모님과 형제들은 얼마나 억울하고 원망스러울까? 살인을 저지른 청년은 앞으로 살아갈 날이 많은데, 지울 수 없는 오점을 남기게 됐다. 청년의 부모는 얼마나 안타깝고 상심하겠는가.

세상을 살면서 어려운 고비 하나쯤은 가지고 살아간다. 힘든 일도 있지만, 녹음이 짙은 산에도 가고, 예쁜 꽃을 보면서 운동하다 보면 이겨낼 수 있다는 마음에 여유가 생긴다. 지금도 산에 갈 때면 모자를 쓰고 조심하면서 다닌다. 진드기가 물렸을 때를 생각하면 지금도 웃음이 나온다.

참깨 수확

태양이 대지를 뜨겁게 달구며 이글댄다. 계절의 변화를 이길 수 없지만, 2024년 여름은 꼬불꼬불한 산길처럼 유난히도 길게 느껴진다. 추위를 많이 타지만, 더위는 잘 견딘다고 생각했는데, 올여름은 너무 더워서 힘이 든다. 나이 먹어서 적응을 못 하는 것인지, 정말로 더운 것인지 모르겠다. 말복이 지났으니 시원해지기를 바랐다. 하지만, 낮에는 뜨겁고 밤에는 열대야로 연일 잠 못 드는 밤을 보낸다.

주위에서 많은 사람이 '우리나라도 아열대기후로 바뀌어 장마가 아니고 우기에 접어들 것'이라고 걱정한다. 지구촌 이곳저곳에서 이상기후로 재해가 끊이질 않는다. '올해가 가장 시원한 여름이 될 것이다.'라는 말은 괜한 걱정이 아닌 것 같다. 더위를 이겨내려면 대책을 단단히 세워야 할 것 같다. 어떻게 지낼 것인지 걱정이 앞서지만, 사람들은 위기를 지혜롭게 극복해 왔고 환경의 변화에 잘 적응하기에 나 또한 잘 견뎌낼 것이다.

친정에 에어컨이 없다. 올여름엔 너무 더워 사자고 했지만, 엄마는 지낼 만하다고 말렸다. "돈도 없으면서 무슨 에어컨을 사냐고?"라고 하셨다.

나이가 드시면 더운지, 추운지 감각이 무뎌지는 것 같다. 과학을 멀리하고 사는 것 같아 아쉬움이 남는다. 사무실에서 시원하게 일하다가 뜨겁게 가열된 집에 오면 찜통이라 아무것도 하기 싫고 무기력해진다. 애꿎은 선풍기를 튼다. 쉴 새 없이 돌며 바람을 일으키지만, 찌는듯한 무더위에 선풍기 바람조차도 덥게만 느껴진다. 몸과 마음이 불쾌하고 의욕조차 가라앉는다.

친정집은 지은 지 55년이 되었다. 아버지께서 목수였기에 손수 집을 짓고 미장까지 하셨다. 친정집을 지을 때도 인부를 데리고 짓고 미장일까지 마쳤다. 80년대 초 부뚜막이 있는 재래식 부엌을 입식으로 고치는 것이 유행이었을 때, 우리 집도 입식으로 고쳤다. 이때 아버지는 우리 집을 고치고 나서 동네의 집마다 다니면서 부엌을 고쳐주고 돈을 벌었다. 입식으로 고친 것이 40년이 지났으니, 고장이 날 만하다. 낡고 오래되어 수리할 곳이 생기고 방수가 되지 않아 습하다. 이렇게 날씨가 더울 때는 속수무책이다.

가만히 있어도 땀이 나는데, 텃밭에서 일을 할 때는 땀이 비 오듯 줄줄 흘러내린다. 참깨를 걷어야 하는데 너무 더워 엄두조차 나지 않았다. 엄마한테 투덜거리면서 낮에는 더우니 조금 시원한 새벽에 하겠다고 했다. 다음 날 새벽에 긴팔 남방과 긴바지를 입고 장화를 신었다. 모자도 쓰고, 모기 기피제를 뿌렸다. 모기에게 물리지 않으려면 더워도 어쩔 수가 없다. 손수레와 낫을 가지고 텃밭으로 갔다. 참깨를 수확하기 위해 깻대를 베어 손수레에 싣고 집으로 와서 마당에 포장을 깔고 눕혀 놓았다. 엄마는 깻대에서 잎을 모두 떼어내고 줄기와 꼬투리만 골라 놓았다. 손수레를 끌고 몇 번을 옮겼더니 끝이 났다. 가만한 바람이라도 불어오면 좋으련만, 바람은커녕 뜨거운 태양만 내리쬐어 허덕거렸다.

엄마가 정리해 놓은 깻대를 나일론 끈으로 어른 주먹 크기로 묶었다. 마당의 한쪽 벽에 나일론 포장을 깔고 햇볕이 잘 드는 곳에 깻대를 세워두었다. 뙤약볕에 어느 정도 말라 참깨 알이 몇 개 떨어지면 막대기로 토닥토닥 두드려보는데 우수수 떨어졌다. 참깨를 바람에 날려 알곡과 쭉정이를 골라내니 토실하게 살이 오른 참깨가 가득했다. 참깨를 터는 엄마의 모습에 세월의 흔적이 고스란히 스며든 손이 보굿처럼 거칠다. 고왔던 얼굴에도 저승꽃이 만발했고, 내어준 것이 많아서인지 손가락 끝마다 선명했던 지문도 닳아 희미하다. 엄마가 고생했다는 흔적을 몰래 훔쳐본 가슴이 아릿하게 저렸다.

참깨는 우리 음식에 빠질 수 없는 양념 중에 하나다. 아무리 맛있는 음식이라도 마지막에는 항상 참깨를 뿌려 마무리한다. 참깨가 빠지면 맛이 없어 보이고 정성이 부족한 듯싶어 허전하다. 깨를 볶아 절구에 살짝 찧은 가루는 그야말로 환상적으로 고소하고 맛있다.

참깨를 수확했는데, 양이 많지 않았다. 시장에서 조금 더 사 와 집에 있는 것을 합쳐 깨끗이 씻어 말렸다. 엄마와 함께 참깨 10kg을 자주 다니던 방앗간에 가지고 갔다. 방앗간 사장님이 큰 가마솥에 넣고 맛있게 볶았다. 볶은 참깨를 기계에 넣고 무거운 쇳덩어리로 꽉 누르자, 참기름이 주르르 내려왔다. 방앗간에 고소한 냄새가 진동했다. 깨끗이 씻은 두 홉들이 병 10개에 가득 채웠다. 오빠와 남동생들이 추석에 내려오면 주려고 준비했다. 엄마는 참기름을 나누어 줄 생각에 기분이 흐뭇해하신다. 엄마의 지극한 내리사랑을 자식들은 얼마나 알까 싶다.

뜨거운 여름날, 이른 아침부터 감나무에서 매미가 가는 여름을 아쉬워하며 우렁차게 울어댄다. 매미 소리를 들으며 들판으로 나가보니 잘 자란 벼가 패고 꽃가루받이하고 있다. 벼 끝에 맺힌 이슬이 햇살에 반짝거리며 영롱하게 빛난다. 풀숲에 조롱조롱 매달린 이슬이 바짓가랑이에 감기며 스며든다. 계절을 거스를 수 없듯이 지금은 덥지만, 조금만 참으면 언제 그랬나 싶게 시원한 가을이 다가올 것이다. 마음은 이미 산들바람 부는 가을의 들판을 거닐고 있다.

이매희

평생교육사, 직업상담사, 글쓰기 독서교육지도자,
독서디베이트코치토론교육사

경력:

방송통신대학교 국문학과 졸업
유치원 교사 10년
〈부천지역사회교육협의회〉 활동(2014년~2019년)
〈부천평생교육센터〉 학습코디네이터 활동(2019년)

현재〈수필공방문학회〉 동아리회원

수상:

제39회 복사골예술제 백일장 우수상 수상(한국문인협회 부천지부, 2024년)

봄까치꽃

"여자 친구가 임신했어요."

아들의 말은 그야말로 날벼락이었다. 폭탄 같은 한마디에 남편과 나는 아무 준비 없이 얼떨결에 파편을 맞았다. 만나는 여자 친구가 있다는 것은 지레짐작으로 알고 있었지만, 묻지 않았다. '때가 되면 소개해 주겠지'라고 생각했다. 이런 방식으로 소개받을 줄은 상상도 하지 못했다. 무릎을 꿇고, 방바닥에 머리가 닿도록 고개를 푹 숙인 아들에게 어떤 말을 해야 할지 알 수 없을 만큼 혼란스러웠다. 남편과 한마디 말도 하지 않고, 밤을 꼬박 새웠다. 아들에게 화가 났다. 원망도 했다. 어찌해야 좋을지 아무런 생각이 나지 않았다.

나의 욕심이 너무 컸던 것일까. 옳다고 믿었던 신념이 어디서부터 잘못된 것인지조차 알 수 없었다. 아들은 늦둥이와 11살 터울로 동생이 태어나기 전까지 외동으로 자랐다. 어려서부터 가족들과 주변의 관심을 받았고, 우리 부부의 기대도 컸다. 기독교 신앙을 가진 평범하고 화목한 가정에서 사랑받으며 자란 배우자를 만나기를 바랐다. 그런데 이런 나의 기대를 송두리째 무너뜨리고 말았다. 임신한 아이를 반대할 수도, 받아들일 수도 없는 망막함 때문이었다. 아들을 키우면서 장차 며느리에게 좋은 시어머니가 되리라고는 생각해 본 적은 없었다. 그렇다고 며느리에게 나쁜 시어머니가 되기는커녕, 아들의 삶에 대해서도 간섭할 생각조차 없었다. 며느릿감을 반갑게 환영할 수만 없는 나쁜 시어머니로 만드는 것 같아 아들이 미웠다.

서둘러 아들의 결혼식을 준비하기로 했다. 다음 날, 아들은 여자 친구와 함께 집으로 인사하러 왔다. 외모가 여리고 예쁜 아이였다. 부모님의 이혼 후 엄마와 단둘이 산다고 했다. 아버지가 결혼식에 오실 수 있는지 묻자, 오시지 못할 처지라고 했다. 나는 아버지에 대한 어떤 이야기도 이후에는 묻지 않겠다고 약속했다.

눈매가 곱고 사슴처럼 순한 눈망울이 금방이라도 눈물이 쏟아질 것 같은 아이 앞에서 내 심정을 하나도 숨김없이 꺼내놓았다. 갑작스러운 소식에 하늘이 무너지는 듯했던 캄캄한 심정을 토로했다. 폭탄과도 같은 이야기를 들은 시간부터 그 아이를 마주하기까지의 생각과 감정을 그대로 털어놓았다. "마땅히 축복받아야 할 일이지만, 온전하게 반겨주지 못해 미안하다."라고 했다. 차차 마음을 열고 진심으로 두 사람의 결혼을 축복할 수 있도록 노력하겠다고 약속했다.

아들의 처지를 이해하는 척, 결혼을 서두르기로 했지만, 스스로 감당할 수 없어 순간순간 숨 쉬는 것이 힘들었다. '어떻게 내 아들이 이럴 수가 있어!' 아들에게 열심히 공들여 살아온 시간이 무시당한 기분이었다. 아무리 이해하고 받아들이려 생각하고 또 생각해도 어떻게 해야 좋을지 알 수 없었다. 게다가 주변의 시선을 감당할 자신이 없었다. 이 모든 것이 내가 아들을 잘못 키운 탓인가 싶어 남편에게 미안했다. 그런 내 마음을 눈치라도 챘는지 남편은 어깨를 토닥여 주며 "괜찮아, 하나님께서 그 아이를 우리 집에 보내주신 이유가 있을 거야."라며 위로했다. 아들을 키우면서 기도했던 모든 것이 나의 욕심이었을까. 어디서부터 잘못된 것일까. 수없이 생각해도 알 수가 없었다. 그냥 눈물이 났다.

엄마의 속도 모르고 결혼 준비하는 아들은 신이 났다. 나는 속으로 끓어오르는 화를 주체할 수가 없었다. 그럴 때면 "결혼식 준비해라."라고 말한 것이 후회되기도 했다. '그래도 결혼식은 해야지'라고 생각하면서도 하루에도 몇 번씩 마음이 이랬다저랬다 갈피를 잡지 못했다. 복잡한 마음에 무작정 자동차를 몰고 나갔다. 어디에든 하소연이라도 해야 할 것 같았다. 혼잣말로 떠들며 운전하다 보니 인천공항고속도로를 달리고 있었다. 엄마한테 고자질이라도 하러 가듯이 마음이 답답하거나 고향이 그리울 때 가끔 찾아가던 '예단포'였다.

집에서 자동차로 20분 정도 가면 인천 영종도의 작은 포구, 예단포가 있다. 주차장에 차를 세우고 내린 뒤 가드레일에 기대서 바닷바람에 넋 놓고 답답한 속을 털어냈다. 천천히 둘레길로 올라갔다. 얼었던 땅이 녹아 질펀한 흙길에 야자나무 수피로 만든 매트를 깔아놓은 덕에 편하게 걸었다. 이파리를 모두 떨군 나무들이 그런대로 운치 있다고 생각했다. 봄이 오면 화사한 꽃길이 되고, 여름이면 앙상했던 나뭇가지에 짙푸른 이파리가 그늘이 되어 더 아름다울 길을 생각하며 걸었다. 야트막한 산 허리를 따라 비탈진 곳에 이르렀다. 바다가 갯벌을 훤히 드러내고 여린 햇살을 즐기고 있었다. 탁 트인 바다를 가슴에 안고 차가운 공기를 깊이 들이마셨다. 예단포의 바다가 좋았다. 엄마 품같이 따뜻함이 익숙했고, 마음에 굳게 채워진 빗장이 풀리듯 울컥 설움이 몰려왔다. 예단포는 고향 안면도의 바다처럼 평온하게 나를 안아주었다.

아무것도 없는 겨울 산언덕에 삐죽 새싹이 보이는가 싶더니 아주 여린 풀꽃 하나가 눈에 들어왔다. 마른 풀덤불 사이로 어렵게 고개를 내민 꽃이 안쓰럽고 대견하게 생각되어 나도 모르게 "반갑다"라고 말해 버렸다. '봄까치꽃'이었다. 제일 먼저 봄을 알리는 꽃이다. 산과 들, 어디에나 많이 피지만 낯설게 느껴졌다. '아 ~ 내가 무슨 짓을 한 것일까.' 아들 옆에 앉아 오들오들 떨던 그 아이의 숨죽이고 고개 숙인 모습이 이제야 가슴에 들어왔다. 봄까치꽃을 닮았다. 겨울 바다의 거친 파도 위를 달려온 찬 바람을 피할 곳도 없이 혼신으로 그 시간을 견디는 모습이 너무나 측은하게 느껴졌다. 그 아이를 보는 듯 한참을 앉아 있었다. 봄까치꽃도 이 척박한 곳에 차가운 바닷바람 한가운데에서 피고 싶지 않았으리라.

그 아이는 얼마나 무서웠을까. 내 집까지 오는 발걸음이 무겁고 힘겨웠을 것이다. 처음 임신 사실을 알았을 때 두려움에 놀랐을 것을 생각하니, 같은 여자의 마음으로 아픔이 밀려왔다. 스물여섯이라는 어린 나이에 혼전 임신을 했다는 사실과 결혼을 허락받기까지 얼마나 마음이 혼란스러웠을까. 그 아이를 생각하니 여태껏 하늘이 무너져 내린 것처럼 몸부림치며 고통스러워하던 내 모습이 너무나 부끄럽게 느껴졌다. 잘못된 신념을 고집할 때 얼마나 이기적인 존재가 될 수 있는지 스스로 돌아보았다. 내 고통만 생각하느라 그 아이의 입장과 마음을 헤아리지 못한 것이 너무 미안했다. 그 아이의 선택도, 잘못도 아니기 때문이다. 친정 부모님의 이혼을 지켜보면서 겪었을 그 아이의 두려움과 아픔의 상처가 오롯이 느껴졌다. 내 마음이 그 아픔을 떠안은 듯 아렸다. 어느새 그 아이를 진심으로 안아주면서 토닥이고 있었다.

봄까치꽃은 '기쁜 소식'이라는 꽃말을 가지고 있다. 나의 사랑스러운 며느리가 된 그 아이를 보면 마음이 기쁘고 든든하다. 아들에게서 한 번도 느껴보지 못한 세심함으로 살펴주는 마음이 고맙다. 사랑스러운 말 한마디 한마디에 위로받는다. 한동안 방황하던 아들은 책임감으로 가정을 살피는 가장이 되었다. 아침이면 영상통화로 "할머니!"라고 부르는 손녀의 재롱이 꿀타래같이 달콤하다. 그렇게 나와 며느리의 동행이 시작되었다. 인생의 여정에서 만나 손을 맞잡고 전해지는 온기를 느끼며 서로에게 기대어 함께 가는 길이 행복하다.

— 제39회 복사골예술제 백일장 우수상 수상작 —

숨어드는 바람

스카프를 단단히 매만진다. 옷깃을 여며도 살을 뚫고, 뼛속까지 기어드는 듯한 매섭고 차가운 바람에 몸을 움츠린다. 따뜻한 한낮의 볕에 봄이라고 착각하였기 때문일까 봄 햇살 사이로 숨어 불어오는 소소리 바람은 더 매섭게 살갗에 닿아 몸서리치게 한다.

딸아이가 수학여행으로 한껏 들떴다. 인터넷으로 옷을 주문하고, 미용실을 다녀왔다. 딸아이 방 거울 앞엔 수학여행에 입을 미니스커트와 까만 구두가 선보일 날을 기다리며 다소곳하다. 얼마나 좋을까. '코로나19'라는 재난에 입학식도 없이 중학생이 되고, 모든 단체 활동이 중단되었다. 수학여행뿐만 아니라, 체험학습이나 체육대회도 할 수 없는 학창 시절을 보냈던 딸에게 고2의 수학여행은 틀에 묶인 학교생활에서 벗어날 수 있는 최고의 일탈 기회이다.

마냥 좋아하는 아이에게 내색하지 못하고 몰려오는 불안을 눌러 담았다. 친구들과 맘껏 웃고 떠들며 행복한 여행이길 바라면서도, 엄마 품을 처음 떠나는 여행에 걱정이 앞섰다. 짐을 꾸리는 아이 옆에서 괜한 걱정에 잔소리하며 마음을 달랬다.

10년 전 그날, 아이들도 그랬다. 수학여행을 설렘으로 준비했던 아이들이었다. 대학 입학시험을 준비하는 고단함에서 잠시 벗어나, 바다를 향해 가슴 열고 숨을 쉬고 싶었던 시간, 친구들과 함께 행복했던 꿈과 즐거움의 환호 속에 웃으면서 떠났던 수학여행이었다. 나는 10주기를 맞는 '세월호 참사'라는 끔찍한 아픔의 기억을 떠올리며 시린 가슴을 움켜잡았다.

그날의 기억은 한 장의 사진처럼 아직도 선명했다. '세월호 침몰! 전원구조!' 텔레비전 화면에 커다랗게 보였던 자막이다. 동료들과 점심을 먹기 위해 식당에 앉았을 때다. 뉴스 속보를 보며 다행이라 생각하며 가슴을 쓸어내렸다. 저녁이 되어서야 잘못된 뉴스라는 것을 알았다. 도무지 믿기지 않았다. 그 어떤 것으로도 이해할 수 없었고, 설명할 수도 없는 안타까움을 그냥 지켜봐야만 했다. 바다로 배가 점점 가라앉는 것을 바라보면서 아무것도 할 수 없는 무기력한 현실에 화가 났다. 우리는 늑장 대처한 정부, 선장과 승무원, 선박회사 관계자를 탓하며 탄식했다. 또래 아이를 둔 가족들은 서로의 생사를 확인하고서야 안도의 숨을 내쉬었다. 가슴을 쓸어내리기도 전에 누구나 자신의 이기심에 또 한 번 죄인이 된 심정이었다.

우리는 서로에게 죄인이었다. 자책하며 아프다거나 슬프다는 말도 못한 채 그냥 가슴에 꼭꼭 눌러 그 바다의 기억을 묻어 두었다. 노란 리본으로 그들을 애도하고 기억하기로 했다. 봄 햇살 따라 숨어 불어오는 바람처럼 기억은 가슴을 시리게 파고들어 저려오지만, 어떻게 마주해야 하는지를 알지 못했다.

'세월호 참사' 10주기를 맞았다. 최근의 '이태원 참사' 등 어이없는 재난을 겪으면서 우린 여전히 '그 자리, 거기 그대로'라고 생각했다. 사람마다 각자의 애도 방법으로 희생자를 추모했다. 그럼에도 너무나 갑작스럽고 엄청난 충격에 아픔을 감당하지 못해 트라우마로 쌓아두고 어떻게 해야 하는지 몰라 한다. 죄인처럼 가슴에 묻어 두고, 스스로 단죄하듯 아파하지도 못한다.

평생교육센터 일을 할 때 알고 지내던 선생님께서 메시지를 보내왔다. '애도의 글쓰기'라는 포스터 사진이었다. 2주에 걸쳐 6시간의 강의를 듣고, 글쓰기를 "같이 해볼 생각이 있느냐?"라고 했다. 고민했다. 딸아이가 수학여행을 떠나는 들뜬 모습 뒤로 따라오는 희생자들의 기억이 살아났다. 쉽게 대답이 나오진 않았지만, 그러겠다고 답하고 수강 신청을 했다.

같은 시대를 살아가는 사람으로서, 나는 어떻게 살아왔는지를 성찰하는 계기였다. 사회적 책임에 대해 연대하려 노력은 했는지, 기성세대를 살면서 침묵하고 책임을 회피하려 하지는 않았는지 돌아보았다. 어떻게 애도해야 하는지를 몰라서 늘 그 자리 서성이던 나를 마주 보게 되었다. 엄청난 재난과 사고가 있을 때마다 '나는 당사자가 아니니까'라며 안도했었다. 누군가의 상처를 이해하거나 만나고 보듬어 위로할 수 있는 것이 아니었다. 그러기에 애도에 서툰 것은 아닐지 생각했다. 강의를 듣는 동안 마음이 짓눌렸고 무거웠다. 애도는 '빈자리를 채우는 것'이라는 말이 머리에 남아 생각을 붙잡았다. 사라진 자리가 아니라, 진심으로 '깃드는 자리'를 만드는 것이라는 말에 가까스로 가벼워지는 마음을 느꼈다.

봄 햇살 사이로 숨어드는 바람에도 자연은 쉬지 않고 제 할 일을 하고 있었다. 시린 가슴을 안고 끌탕하는 동안 볕살은 온통 꽃 잔치를 벌였다. 봄에 움트는 꽃들은 노랗거나 하양, 분홍의 빛과 색으로 희망을 노래한다. 수학여행에서 돌아오는 딸아이를 맞으러 김포공항으로 갔다. 여행의 피로라고는 전혀 찾아볼 수 없는 밝은 표정으로 웃는 모습을 보고 비로소 안도의 숨을 내쉬었다.

공항을 나서는 딸아이의 모습에 모든 걱정과 불안이 다 사라졌다. 친구들과 떠들며 활짝 웃는 얼굴에 나도 모르게 미소를 짓는다. 잠시나마 품을 떠난 아이를 기다리는 부모의 마음을 배운다. 무엇보다 우리 아이들의 밝은 웃음과 소중한 꿈을 지켜주는 역할을 떠올린다. 아픔과 슬픔으로 애통해하는 희생자들을 엄마의 마음으로 헤아린다. 같은 시대를 살아가면서 마음속에 빚으로 남아 있는 애도를 다시 꺼내 마주 본다.

능쟁이

뙤약볕이 여름을 몰고 왔다. 마치 불을 달고 오듯이 뜨겁게 좇아왔다. 그럴수록 아이들은 더 빠르게 바다를 향해 달렸다. 오늘만을 기다린 올림픽 육상 선수처럼 반짝이는 구릿빛 팔다리를 휘두르며 숨을 헐떡였다. 드넓게 펼쳐진 갯벌의 한가하고 평화롭던 안식도 끝이 났다. 여름방학을 맞은 동네 꼬마들과 갯벌에 사는 생물과의 숨바꼭질이 시작된다. 내 고향 안면도 바다는 여름이면 아이들의 놀이터였다.

초등학교 4학년 여름방학이었다. 아침밥을 먹고 수저를 내려놓기가 바쁘게 "개(갯벌)~가자!"라는 한마디에 이집 저집 아이들이 갯바구니 옆에 끼고 모여들었다. 바구니 안에는 호미와 주먹밥 한 덩이, 물 한 병 정도가 담겨있다. 전장에라도 나가는 병정처럼 한 줄로 늘어서 비장한 발걸음으로 논둑길을 내디뎠다.

갯벌에 가는 날은 사리때[1]에 맞췄다. 물때를 잘 지켜야 오랜 시간 갯벌

---

1 사리물 때 – 만조와 간조의 수위 차이가 큰 때이다. 바닷물이 많이 밀려왔다가, 많이 빠져나가는 현상이다. 갯벌에서 어패류를 잡는 해루질하기 좋은 때이다.

에서 능쟁이도 잡고, 조개도 캐고 물놀이를 할 수 있기 때문이다. 바다까지는 30분 정도 걸어가야 했다. 삼복더위에 그늘 없는 논둑길을 걷고 갯둑을 건너면 그림처럼 아름다운 바다가 눈에 들어왔다. 무더위 따윈 아랑곳하지 않고 신이 났다. 설레는 마음으로 흥을 맞춰 걸었다. 썰물이 쓸고 간 바다는 넓게 속살을 드러낸 갯벌로 우리를 맞아주었다.

끝없이 보이는 광활한 갯벌에 가슴이 탁 트이는 것 같았다. 불어오는 바람에 갯내음이 엄마 품 냄새같이 편안했다. 뜨거운 태양에 붉게 물들어 가는 칠면초 숲은 농게들의 놀이터이고, 요새였다. 낯선 방문에 깜짝 놀란 농게가 기세등등하게 빨간 집게발을 세워 노려보지만, 보는 둥 마는 둥 코웃음을 쳤다. 우리의 목표는 오직'능쟁이'를 잡을 생각으로 들떴기 때문이다. 갯골을 흐르는 물길 따라 걸으며 미처 빠져나가지 못한 숭어와 망둥이라도 잡는 날은 횡재한 듯 기분이 좋았다. 그때부터 우리는 갯것을 많이 잡으려는 욕심으로 서로를 시샘하며 경쟁을 시작하였다.

갯벌에 능쟁이[2]가 지천이었다. 고향에서는 작은 회색빛 '칠게'를 '능쟁이'라 불렀다. 촉촉한 갯벌 위에 능쟁이들이 발밤발밤 발자국을 그리며 여름을 즐기다 숨어버렸다. 갯벌은 온통 벌집처럼 숭숭 뚫린 능쟁이들의 보금자리였다. 부드럽고 말랑말랑한 갯벌에 숨어있는 능쟁이를 잡는 것

---

2 능쟁이 – '칠게'를 말한다. 우리나라 서해안 갯벌에 많이 서식하는 것으로 지역마다 부르는 이름이 다르다. 충남 서해안 갯마을에서는 '능쟁이', 해남과 완도에서는 '화랑게', 고흥에서는 '찔룩게' 무안에서는'서른게', 부안에서는 '찍게'라고 한다.

도 요령이 필요했다. 촉감놀이에 기분이 좋아진 맨발의 감각을 이용하여 능쟁이가 숨어있을 만한 구멍을 찾아 퇴로를 짐작하여 발로 밟아 막는 게 기술이었다. 길을 잃어버린 능쟁이는 꼼짝없이 내 손아귀에서 항복하고 만다. 이미 승기를 잡은 나는 기세가 당당했다.

바구니에 능쟁이가 쌓여가고, 바지락과 덤으로 잡은 가막조개까지 가득 차서 기분이 좋았다. 이 정도 수확이면 승자의 전리품으로 충분하다고 생각했다. 물길에 바구니를 흔들며 능쟁이에 묻은 펄을 씻어 냈다. 얼마의 시간이 지났는지 알 수 없지만, 허기가 느껴졌다. 허겁지겁 베어 무는 주먹밥이 야속하게 순식간에 사라졌다. 간단한 요기나마 허기를 채우고 나서야 펄이 덕지덕지 묻은 내 모습이 보였다. 영락없는 전쟁터 패잔병의 모습이었다.

몸을 씻는데 돌 틈에 숨은 꽃게가 보였다. 순간, 웬 횡재냐며 욕심이 발동했다. 단숨에 잡으려다 미끄러지고 말았다. 넘어지면서 능쟁이와 잡은 갯것이 들어있는 바구니도 함께 물속에 엎어버렸다. 애써 잡은 능쟁이와 조개들이 얼씨구나 물속으로 쏟아져 보이지 않았다. 화가 치밀고 속상하여 눈물이 났다. 언니, 오빠들과 친구들 앞에서 울 수는 없었다. 태연한 척 눈물을 훔치며, 다리에 펄을 씻어 내니 정강이가 움푹 패어 하얗게 뼈가 보이는 것 같았다. 피가 많이 흐르고 덜컥 겁이 났지만, 날카로운 굴피에 조금 다친 것처럼 대수롭지 않게 말했다. 언니는 손수건으로 피가 흐르지 않도록 상처를 묶어주었다. 그러나 범벅이 된 땀과 함께 흐르는 눈물은 참을 수가 없었다.

속울음을 삼키며 집으로 향하는 길은 햇볕이 온몸을 다 태우기라도 하려는 듯 뜨겁게 달라붙었다. 욱신거리는 정강이 때문인지 나도 모르게 걸음걸이가 절룩거렸다. 아무리 애써도 앞으로 나아가지지 않는 것 같은 걸음과 텅 빈 바구니를 바라보는 속상한 마음을 위로하는 듯 그림자가 따라왔다. 마치 키다리 아저씨처럼 기다란 그림자가 끝까지 지켜주며 함께 걸었다.

엄마는 둘둘 말아 묶어놓은 손수건을 풀어 상처를 보고 기절할 듯이 놀라셨다. 시골에서 변변한 병원도 없고, 시간도 늦어 큰일이라며 걱정하셨다. 쪽파를 댓돌에 찧어 상처에 붙이고 싸매주었다. 지금 생각하면 아찔한 민간요법이었지만, 그땐 그 방법 외엔 별다른 방법이 없었다. 다리가 퉁퉁 붓고 상처 부위가 아리고 쓰라린 통증에 밤을 꼬박 새웠다. 텅 빈 바구니로 돌아온 것도, 꽃게를 잡으려 욕심낸 것도, 모두 내 잘못인 것 같았다. 무엇보다 걱정하는 엄마에게 죄송했다. 동생을 제대로 챙기지 못했다며 야단맞은 언니에게 미안했다. 능쟁이에 KO패를 당한 것처럼 속상했다. 그 일이 있고 난 후, 더는 갯벌에 가지 않았다.

남편은 나와 같은 안면도가 고향이다. 고향의 맛을 기억하며 능쟁이를 좋아한다. 남편과 동네 상동시장에 갔다. 빨간 고무 함지 속에서 꼬물거리는 능쟁이를 보고, 내 옆구리를 툭툭 치며 욕심을 냈다. 그 모습에 추억으로 각인 된 입맛의 유혹에 능쟁이 1kg을 샀다. 간장에 심심하게 담가 두니, 이틀 만에 삼삼하게 맛이 들었다. 남편은 덥석 한 마리를 통째로 입안에 넣고 "여름 입맛엔 짭조름한 능쟁이가 최고야!"라며 밥 한 그릇을 게 눈 감추듯 비워냈다. 지금도 정강이에 쓰라린 훈장처럼 선명하게 남아 있는 흉터를 보며 그 여름을 기억한다. 순간순간 내 삶의 걸음에서 욕심을 버리게 하는 힘이 되었다. 능쟁이가 평화롭게 노니는 뜨거웠던 내 고향 갯벌에 그리움이 스민다.

풋사과

사과가 익어간다. 블록으로 쌓은 벽면에 액자처럼 뚫린 구멍 너머로 보이는 사과가 탐스럽다. 치렁치렁 늘어진 가느다란 가지에 조롱조롱 매달린 사과가 태양의 숨결을 마시고, 씨알을 키운다. 가을이 오는 기척을 알아차릴 때쯤, 발그레하게 익어가며 숨은 양심을 저울질한다. 성경의 아담과 하와처럼 유혹에 손 내민 조무래기들은 곰팡내 나는 헛간 구석에 둘러앉았다. 누가 보기라도 할까 불안한 마음으로 손에 든 사과를 빨리 먹어 흔적을 지웠다.

우리 집 마당의 한쪽엔 '기역' 자 모양으로 넓고 길게 늘어진 문 없는 헛간이 있었다. 블록을 쌓아 올린 벽에 옆집 과수원의 사과밭이 바짝 붙어 있었다. 갖가지 농기구와 농자재들을 보관하는 장소지만, 동네 아이들이 좋아하는 놀이터였다. 흙바닥은 아이들의 땀과 웃음으로 반들반들 윤이 나고, 열십자를 그리듯 구슬치기 구멍이 동그랗게 파였다. 계절 따라 키가 커졌다 작아지는 짚 더미는 숨바꼭질하는 아이들의 머리카락을 꼭꼭 숨겨주었다.

그곳에선 무엇을 하던 신이 나고 재미있는 놀이가 되었다. 고무줄놀이 하는 여자아이들은 폴짝 뛰며 하늘을 날았고, 구슬치기하는 남자아이들은 두둑이 채워지는 주머니를 자랑했다. 헛간은 아이들의 떠드는 소리와 웃음이 끊이지 않았다. 가끔 엄마가 감자와 옥수수를 삶아 주셨다. 이따금 과자를 사 먹으라며 용돈을 주시면 더욱 신이 났다. 블록 벽에 환기를 위해 뚫어 놓은 창 너머 사과나무에 꽃이 피고, 열매가 맺혀 탐스럽게 익어갔다. 아이들은 키가 자라고, 꿈을 키웠다.

헛간에서 노는 아이들에게 비밀이 있었다. 아무도 말하지 않았지만, 모두가 아는 비밀이었다. 엉성한 블록 벽에 뚫린 구멍으로 부끄럽게도 손이 들락거렸다. 벽은 블록 한두 장 크기로 여러 개의 구멍이 뚫려 있었다. 그곳으로 햇살이 들어오고, 바람이 지나가고, 하늘이 얼굴을 내밀었다. 봄이 되어 사과나무에 꽃이 피면, 아이들의 마음에도 봄 향기가 스며들어 덩달아 신이 났다. 여름이면 대추만큼 작았던 사과가 아이들의 주먹만큼 굵어지고, 아이들도 한껏 키가 자랐다. 사과가 발그레하게 익으면 아이들의 가슴도 설레었다. 아버지는 초가을로 계절이 갈마들면 "옆집 사과에 손대지 마라."라고 말씀하셨다. 그러나 헛간 벽의 구멍을 막지 않으셨다.

초등학교 6학년 때 여름이었다. 가을볕이 누리에 가득한 알곡을 여물게 하던 날에도 뜨거운 볕을 피해 헛간에 모였다. 탐스럽게 살진 사과가 참을성 없는 마음을 마구잡이로 흔들었다. 팔만 뻗으면 주먹 크기의 먹음직한 사과가 주렁주렁 매달려 손에 닿는 유혹을 뿌리칠 수 없었다. 주체할 수 없는 검은 유혹을 이기지 못한 부끄러운 손이 사과나무를 더듬거렸다. 헛간은 고요가 흐르고, 누가 볼세라 사과를 우걱우걱 베어 물고 말이 없었다. 새곰 새곰하고 떫은 과육이 목을 타고 요란하게 꿀렁였다. 아이들은 동그란 까만 눈동자로 서로의 눈을 바라보았다. 새끼손가락을 걸지 않아도, 누가 먼저 말하지 않아도 비밀의 약속은 굳건했다.

선악과를 따 먹은 아담과 하와가 하나님의 낯을 피해 숨었을 때 이런 마음이었을까. 며칠이 지나고 옆집 아저씨는 빨갛게 잘 익은 사과를 양동이 가득 가져다주셨다. 흠집이 있어 상품으로 팔 수 없는 것이라고 하며 웃으셨다. 아이들은 "감사합니다."라고 했지만, 양동이 가득 빨간 사과를 들고 오신 아저씨의 얼굴을 똑바로 볼 수 없었다. 너무 부끄럽고 죄송스러웠다. '다음엔 절대 사과를 따 먹지 않겠다.'라고 다짐하며, 스스로 약속했다. 사실을 말할 용기를 갖지 못했다. 아이들이 중학생이 되고, 몇몇은 고향을 떠나면서 헛간에 모이는 일이 뜸해졌다. 이듬해에도 사과나무엔 꽃이 피고, 사과가 열려 살을 찌우고, 먹음직스럽게 탐스러운 모습으로 익었다.

한겨울에 눈이 하얗게 쌓인 사과나무에 빨간 사과가 그대로 달려 있었다. 어리석게도 그때야 깨달았다. 옆집 아저씨는 해마다 헛간 블록 벽에 기댄 사과나무의 열매는 겨울이 되어도 따지 않으셨다. 직접 말하지 않았지만, 헛간에서 노는 아이들을 위해 남겨 둔 것이었다. 아저씨는 아이들이 사과를 따 먹은 사실을 모두 알고 있었는지 모른다. 어른의 헤아릴 수 없는 큰마음을 어렴풋이나마 느낄 수 있었다. 죄송하고 감사했다.

아이들의 웃음소리가 사라진 헛간은 쓸쓸했다. 벼 바심이 끝나면 높게 쌓은 짚단이 지붕에 닿았다. 달큼하고 쿰쿰한 생 볏짚 냄새가 좋았다. 친구들이 떠나버린 헛간은 오롯이 나만의 비밀공간이 되었다. 블록에 뚫린 구멍으로 사과가 보일 때마다 화끈 달아오르는 얼굴을 들킬까 봐 두려웠다. 그런 날은 볏짚 동굴 속에서 혼자만의 시간을 보냈다. 책꽂이 높이 꽂혀있던 '세계명작전집'이 새삼 눈에 들어왔다. '앙드레 지드'의 '좁은 문'을 읽으며 고민했고, '루이자 메이 올코트'의 '작은 아가씨들'의 주인공처럼 울고 웃었다. 블록에 뚫린 구멍으로 하늘을 보고 바람을 느꼈다. 친구들에게 안부라도 전하듯 중얼거리며 쓸쓸함을 달래었다. 설핏 부는 바람에 가슴이 설레면 나는 미래를 꿈꾸었고, 어른이 되는 것 같았다.

풋사과처럼 미숙했던 시절, 마음에 돌덩이를 얹고 살아왔다. 사과를 서리하던 부끄러운 기억은 세상살이에 숱한 유혹이 마음을 두드릴 때마다 나를 단단히 세워주었다. 사과를 보면 얼굴이 화끈 달아오른다. 오랜 세월이 흘렀지만, 여전히 아무에게도 말하지 못한 나만의 비밀을 꺼내 본다. 풋사과를 서리하던 그날을 기억하며 어른 된 나의 모습을 돌아본다. 늦었지만, 옆집 사과나무 아저씨를 생각하며 반성문을 쓴다.

특별한 생일

음식이 느런히 차려졌다. 제철 재료로 정갈하게 차린 밥상에 며느리의 마음이 담겼다. 화려한 빛깔과 매만진 모양이 식욕을 부르기에 모자람이 없다. 화려한 황후의 밥상이 이보다 귀할까 생각했다. 보기에도 아까운 며느리가 차려 준 나의 생일 밥상이다.

며칠 전, 며느리가 전화했다. 직접 음식을 준비해 내 생일상을 차려주고 싶다고 했다. 갑작스러운 제안에 깜짝 놀랐다. 으레 적당한 식당을 예약하겠지, 생각했는데, 직접 음식을 장만해 생일상을 차리겠다니 생각지도 못한 일이었다. 말만으로도 고맙고, 감사했다. "날도 더운데 간단히 밖에서 사 먹자."라고 만류했다. 착하고 예쁜 며느리가 "부족하더라도 생신상 한번 차려드리고 싶어요."라고 말하는 뜻을 꺾을 순 없었다. "그럼 간단히 준비해라."라고 했다. 전화를 끊고 나서 생각할수록 내심 고맙고 행복했다. 새삼 시어머니가 보고 싶어졌다.

시어머니께서 팔순을 맞았을 때였다. 거동이 불편해지고, 병원을 찾는 일이 부쩍 많아졌다. 마을회관에 가는 것조차 힘들어하시는 어머니에게

힘이 되고 싶었다. 막내며느리로서 생신상 한번 못 차려드리고 돌아가
시면 어쩌나 지레 겁이 났다. 어머니의 생신은 추석을 앞둔 일주일 전이
다. 추석에 겸하여 생신을 축하하는 것이 당연해졌다. 그러다 보니 생신
날 미역국은 늘 가까이 사는 큰동서의 몫이었다.

큰맘 먹고 시어머니께 근사한 생신상을 차려 드리기로 했다. 마을 사람
들도 초대하여 어머니에게 힘이 되고 싶었다. 해마다 생신을 챙기는 맏
며느리인 큰형님의 이해를 구했다. 형님은 바쁜 농사철이라 동분서주
하며 어머니의 생신을 챙기던 터라 흔쾌히 고맙다며 맡겨주었다. 틈틈
이 장을 보고, 밤새워 음식을 준비해 어머니가 계신 시골 안면도 집으로
갔다.

어머니는 깜짝 놀라 저고리 섶을 채 여미지도 못하고 마루로 나오며 맞
아주었다. 날이 새기도 전에 들이닥친 막내아들 가족이 반가우면서도
정신이 없는 듯 "무슨 일이냐?"라고 연신 물으셨다. 그도 그럴 것이, 어
머니에겐 비밀로 한 깜짝 파티였다. 준비해 간 음식을 서둘러 보기 좋게
접시에 담아 상위에 올리는 동안, 남편은 아이들과 청소하며 시끌벅적
수선을 떠는 동안 동이 텄다. 어머니는 잔뜩 상기된 목소리로 자랑하듯
마을 사람들에게 전화를 걸어 생일상 아침 식사에 초대했다.

구수한 고기 냄새와 들통 가득 미역국이 끓어오를 즈음 마을 사람들이
대문으로 들어섰다. 손에 막걸리와 소주가 들려있었다. 새벽 농사일에
이미 땀에 흠뻑 젖은 이장님이 방금 수확한 주먹만 한 고구마를 봉지에

담아서 들고 왔다. 마을엔 대부분 나이가 많고 혼자 사는 분들이다. 그 중에 젊은 사람이 환갑이 지났는데도 청년이라 하였다. 외지에 있는 자식들을 대신해 마을 어른들을 돌아보며 이집 저집 내 일처럼 궂은일을 도맡아 하신다니 미안하고 감사했다. 자식으로서 도리를 제대로 하지 못한 나와 남편의 일을 떠넘긴 것 같아 미안한 마음이 들었다. 식사 한 끼 대접하는 게 당연하다고 생각했었다. 어머니는 막걸리도 한잔 마시고, 식사하시는 내내 연신 헤죽헤죽 웃으셨다. 어머니의 웃음에 나도 행복한 미소를 지었다.

한 해 두 해, 해가 거듭되며 어머니의 생신은 마을 잔치가 되었다. 기약 없이 큰일이 되어 버린 잔치에 잠시 꾀가 나기도 했다. 하지만 어머니와 마을 어른들의 즐거운 모습에 마음을 다잡곤 했다. 막내며느리라는 이유로 집안 대소사에 늘 소홀한 듯하여, 마음 한 곁 먹은 것이 얹힌 것같이 불편하던 마음이 조금은 가벼워지는 것 같았다. 어머니는 열 번의 생신을 마을 사람들과 함께 보내고 하늘나라로 가셨다. 이제 며느리의 시어머니가 되어 어머니를 추억하며 나의 생일을 맞는다.

올해로 나는 쉰일곱 번째 생일을 맞았다. 찬찬히 생각해 보니 그동안 오롯이 나만을 위한 생일상은 없었다. 어릴 때는 생일이면 엄마가 미역국에 생선이나 고기반찬을 하나 더 올려 생일상을 차려 주면 더없이 행복했다. 결혼하여 31년을 사는 동안, 남편을 위한 생일상은 여러 번 차렸다. 내 생일이라고 스스로 미역국을 끓여 아이들과 생일 축하 촛불을 끄고, 적당한 식당에서 함께 밥을 먹으면 그만이었다. 생일상을 받는다는 생각은 꿈도 꾸지 못했다.

며느리가 차려 준 생일상은 위로였다. 전쟁 같던 둘째 아이와 함께 수험생의 시간을 보내고, 다시 찾아온 아토피와 싸웠다. 한의원에서 침을 맞으며 병상에 누워 이런저런 생각으로 힘들게 보낸 시간이었다. 늦둥이까지 아이 셋을 키우며, 길어진 육아에 기진맥진한 나는 스스로 손을 놓고 있었다. 이런 내 마음을 아는 듯, 며느리는 오롯이 나만을 위한 생일상을 차렸다. 남편과 아들, 딸조차도 알아차리지 못한 나의 마음을 토닥여 주는 것 같았다.

사랑스러운 손녀딸은 맑고 청아한 목소리로 아기새처럼 노래를 불렀다. 앙증맞은 두 손을 모아 꼭 잡고 "할머니 생일 축하해요."라고 부르는 노래에 덤덤하고, 무뎠던 마음이 무너졌다. 새살이 돋듯 말랑말랑해지고 가슴 벅찬 설렘이 가득하다. 몇 날을 고민하고, 종일 음식을 하느라 애쓴 며느리가 고맙고, 어여쁘다. 마음 끓이며 혼자서만 끙끙거리던 지난 세월의 수고를 모두 보상받은 듯하다. 희망으로 행복한 미래의 삶을 꿈꾼다.

이재훈

사서, 수필가

경력:

연세대학교 정경대학 법학과 졸업
방송통신대학교 대학원 평생교육학 석사

현재)화성시문화재단 왕배푸른숲도서관 근무
　〈수필공방문학회〉 회원
　〈어린이도서연구회〉 부천지회 회원
　매일 왕복 5시간 출퇴근길의 지친 발걸음을 수필로 치유받는다.
　도서관 사서로 근무하면서 삶의 조각들을 글로 엮어 가는 중이다.
　책 속 이야기와 일상의 숨결이 수필로 이어진다.

도망자의 산책

"자기야."

낮고 단단한 그 목소리에 얼어붙는다. 아내가 부를 때의 미묘한 높낮이는 묘하게도 집안 공기의 온도를 결정짓는다. 차가운 긴장감이 가슴 한쪽에 내려앉는다. 마치 털을 잔뜩 세운 고양이 '애송이'처럼, 본능적으로 몸을 웅크린다.

'아, 혼나겠구나.'라는 생각에 한숨이 나온다. 머릿속에서 지난 며칠의 일들이 필름처럼 스친다. 꼼꼼히 생각해 봐도 문제 될만한 행동은 찾을 수 없었다. 몇 번 더 생각을 떠올린 끝에야 겨우 목소리를 가다듬고 조심스레 대꾸한다.

"어, 왜?"

아뿔싸! 예상치 못한 물음이 쏟아진다. 검토의 사각지대에 놓인 행동이 아내의 레이더에 포착된 모양이다. '어떡하지?'라는 말이 입술 사이에서 흘러나올 뻔하다. 서둘러 거짓말을 꾸며냈다. 잔뜩 긴장한 성대를 지나 입 밖으로 말이 튀어나오는 순간, 이미 스스로에게조차 설득력을 잃는다.

'틀렸다. 다 틀려버렸어.'

거짓말은 치밀하지도, 담대하지도 못하다. 단지 궁지에서 허둥대며 내놓는 비겁한 방어에 지나지 않는다. 그러나 아내는 그 허술한 방어조차 용납하지 않는다. "거짓말의 내용이 무엇이든 상관없다."라면서 "그 자체가 실망스럽고, 지친다."라며 단호하게 말한다.

나는 마음속으로 '살아야 한다. 어떻게든 살아남아야 한다.'라고 생각했다. 굳은 결심으로 나무라는 말을 도중에 끊고 서둘러 변명을 시작했다. 하지만 또 다른 실수였다. 아내의 눈빛이 한층 차갑게 내려앉았다.

"자기는 가끔…."

짧아진 말 속에는 '내 말을 끊었구나.' '이제 더 말할 필요도 없구나.' '정말이지, 못 봐주겠다.'와 같은 많은 의미가 응축되어 있다. 무의식중에 가장 질색하는 '말 마중'을 나갔다는 사실을 본능적으로 깨달았다.

이미 엎질러진 물은 주워 담을 수 없지만, 적어도 얼룩을 닦을 수는 있다. 넙죽 엎드려 과장된 사과를 할까? 아니, 오히려 역효과가 날 것이다. 아무렇지 않은 척 넘어갈까? 아니다, 며칠간의 침묵만 불러올 것이다. 결국, 진심을 담아 사과하기로 마음먹었다. 잘못을 인정하고, 진심 어린 목소리로 나지막이 말했다.

아뿔싸! 이번엔 통하지 않는다. 아내의 침묵 속에서 오늘도 패배를 인정한다. 다가올 내일이 벌써 두렵다.

나는 움직이는 것을 그다지 좋아하지 않는다. 하지만 싸늘한 공기가 맴도는 집안에서 한 공간에 가만히 있는 것은 더 견딜 수 없다. 최소한 아내의 시야에서 사라져야만, 조금이나마 화가 누그러질지도 모른다. 결국 몸을 움직여 집 밖으로 나선다.

'친구를 만나 하소연하며 술 한잔할까?'라며 잠시 고민하지만, 술 냄새를 풍기며 돌아가는 건 불난 집에 기름을 들이붓는 꼴이다. 대신, 아내가 자주 잔소리하던 "운동 좀 하지 그래?"라는 말이 떠올랐다. 그렇게 도피처는 자연스럽게 '운동'이라는 명분을 얻었다. 산책이라고 하면 왠지 멋있어 보이지만, 실상은 도망이었다.

어느새 등산로 입구에 도달했다. 운동화 끈을 단단히 조여 매고 무작정 걷기 시작했다. 산길은 생각보다 험했고, 숨은 이내 가쁘게 차올랐다. 그런데 그때, 경쾌한 걸음으로 지나가던 할아버지가 가볍게 말을 건넨다.

"운동 부족하신가 봐요."

헉헉대며 어색한 미소를 지어 보였지만, 속으로는 '운동 부족이 맞다지만, 오늘만큼은 목숨 걸고 운동 중입니다!'라는 변명을 투덜댄다.

이마에 맺힌 땀을 훔치며 힘겹게 한 걸음씩 발을 내디뎠다. 숨이 거칠게 몰아쉴수록, 집으로 돌아가야 할 이유를 점점 더 멀리 밀어낸다. 아직은 돌아갈 수 없다는 생각에 머뭇거렸다.

정상에 가까워지자 작고 하얀 꽃 한 송이가 눈에 띈다. 산길 옆, 바위틈에서 홀로 고개를 내민 꽃은 무언가를 간신히 견뎌내는 것처럼 보였다. 무릎을 굽혀 꽃과 눈을 맞춘다. 그 작은 존재가 마치 위로라도 하려는 듯 속삭이는 것 같다.

'괜찮아. 다시 평화를 찾는 날이 올 거야.'

내려오는 길에 반려 고양이 애송이가 담벼락 위에 앉아 있다. 꼬리를 살랑 흔들며 고개를 갸웃거린다. "너도 나왔냐? 나처럼 혼난 거야?"라면서 손을 흔들며 다가가려 했지만, 녀석은 몸을 돌려 도망친다. 곧바로 담벼락 위로 사뿐히 뛰어올라 내려다본다. 마치 이렇게 말하는 듯하다.

"난 여기서 즐겁게 놀 건데, 너는 어쩔 건데?"

피식 웃음이 터졌다. 아내와의 냉랭한 상황도 잠시 잊는다. 그래, 저 녀석처럼 가볍게 생각하면 될 것을. 애송이는 어느새 눈앞에서 사라졌다. 등산 갈 채비를 하며 배낭끈을 조인다. '오늘은 얼마나 오래 있어야 화가 풀릴까?'라는 생각을 하며 문을 연다. 그래도 희미한 기대를 품는다. 부디, 이번만은 아내가 밝은 얼굴로 맞아주기를 간절히 기도한다.

다음 역은 인연입니다

전철은 삶의 축소판이다. 좁고 한정된 공간이지만, 그 안에는 다양한 삶의 단면과 이야기가 담겨 있다. 좌석은 인생이라는 무대의 관람석이다. 해묵은 색감과 마모된 소재는 수많은 세월의 흔적과 각기 다른 삶의 결을 품고 있다. 붉은 천으로 덮인 자리에서는 불타는 열정이 느껴지고, 푸른 천이 드리워진 공간에서는 잔잔한 바다와 같은 평온이 스며든다. 올록볼록한 플라스틱 의자는 굴곡진 인생의 여정을 닮았고, 반짝이는 스테인리스 의자는 빛나는 순간들을 품고 있다. 한 정거장에서 다음 정거장으로 넘어가는 동안에도 사람들의 삶은 쉼 없이 이어지고, 그 안에서의 작은 만남과 헤어짐은 또 하나의 이야기를 만들어낸다. 무대가 끝나면 관람석은 비워지고, 또 다른 인생이 그 자리를 채운다. 좌석이 비워지고 다시 채워지는 반복 속에서 무수한 이야기가 어우러져 하나의 무대를 완성한다.

전철은 매 순간 속삭인다. 각자의 사연을 안고 움직이는 전철은 마치 살아 있는 존재 같다. 구로역에 도착하면 사람들은 저마다 빈 좌석을 찾아

분주히 움직인다. 단순히 앉을지, 서서 갈지를 선택하는 것처럼 보이지만, 피로한 몸을 잠시라도 쉬게 하려는 치열한 노력이다. 나는 몇 개의 빈자리를 보며 잠시 고민한다. 앉을 수 있다면 충분하다는 생각으로 기다리고, 자리가 없더라도 실망하지 않는다. 전철은 작은 실망과 적응을 반복하며 삶의 단면을 가르친다.

며칠 뒤, 북적이는 전철 안에서 빈 좌석 하나를 발견하고 조심스럽게 다가섰다. 순간 어린 소년이 재빠르게 달려들어 그 자리에 앉았다. 난데없는 상황에 당혹감과 불쾌감이 스쳤다. 소년은 해맑은 얼굴로 소리쳤다.

"엄마, 여기 자리 났어! 빨리 와!"

그제야 목발에 의지해 천천히 걸어오는 어머니가 눈에 들어왔다. 소년은 어머니를 위해 그 자리를 지키고 있었다. 어머니는 미안함 가득한 표정으로 연신 고개를 숙이며 사과했다. "괜찮습니다. 어머니께서 편히 앉으세요."라고 말하며 미소로 답했다. 어머니를 위한 소년의 행동에서 따뜻한 배려가 느껴졌다. 진정한 배려는 말과 겉치레가 아니라, 작고도 진솔한 행동 속에서도 충분히 빛날 수 있다는 것을 그날 배웠다.

또 다른 날이었다. 전철 문이 닫히기 직전 한 남자가 힘겹게 뛰어들었다. 그는 가방과 서류 가방을 번갈아들고 숨이 가쁘게 오르내렸다. 문이 닫히려는 찰나, 손끝이 그 틈에 간신히 닿았고, 그 순간 한 승객이 손을 잡아 이끌었다. 그 짧은 교감은 눈 깜짝할 사이에 지나갔지만, 그 작은 손길이 주는 의미는 마음속에 깊게 스며들었다. 도움은 언제나 거창

하고 특별할 필요 없이, 때로는 그저 순간의 마음과 자연스러운 손끝에서 흘러나오는 진심만으로 충분하다는 것을 알게 되었다. 그것은 단순한 행동이 아닌, 사람들 사이에 흐르는 따뜻한 연결고리였다.

전철은 단순한 이동 수단을 넘어 삼백예순날 삶을 가르치는 배움의 장이 된다. 사과의 손끝, 작은 배려의 자리, 침묵 속의 위로가 조용히 스며든다. 각자의 사정을 품고 살아가는 이들이 매일 서로에게 가르침을 주고받는다. 전철은 그 작은 공간 속에서 매일매일 삶을 속삭인다. 누군가는 서서 가고, 누군가는 앉아간다. 중요한 것은 자리가 아니라 그 과정을 통해 얻는 깨달음과 성장이 아닐까.

전철의 문이 열리고 닫히는 것처럼, 삶의 기회와 만남도 쉼 없이 반복된다. 매 순간 무엇을 배우고, 어떤 이야기를 새기며 나아갈지가 중요하다. 좁은 공간 속에서 좌절과 기대를 오가며, 사람들은 조금씩 단단해진다. 다음에 마주할 좌석은 어떤 이야기를 품고 있을까. 전철은 오늘도 삶이라는 무대로 초대장을 보낸다. 새로운 깨달음과 만남이 기다릴 무대를 향해, 설렘을 안고 여정은 계속된다.

질주

멀리서 버스가 모습을 드러낸다. 어깨를 스치는 바람이 긴장감을 더한다. 발걸음이 점점 **빨라진다**. '놓치면 걸어가면 되지.'라고 생각했지만, 어느새 정류장을 향해 달리고 있다. 매일 같은 시간, 같은 노선의 버스를 쫓는 아침이다.

버스가 정류장에 멈추자, 겨우 탔다. 손잡이를 잡고 서서 주위를 둘러보았다. 앉아 있는 사람들, 스마트폰 화면에 몰두한 사람들, 창밖을 멍하니 바라보는 사람들. 서로의 존재에 무관심한 얼굴들이 낯설지 않다. 오늘도 똑같이 시작된다는 예감이 스쳤다.

구로역에 도착하자마자 전철 문이 열리고, 계단으로 달려간다. 한걸음에 두세 개씩 뛰어오르며 신발 밑창에서 나는 소리가 귀에 꽂힌다. 계단을 오르던 중 잠깐 멈칫한다. '왜 이렇게 뛰는 거지? 조금 늦는다고 달라지는 게 있나?'라는 생각은 곧 발걸음에 밀려나고 만다. 허둥대며 계단을 오르는 이 반복적인 풍경이 어느새 익숙해졌다. 어제도 그랬고, 오늘도 그렇다. 내일은 달라질까? 스스로에 물어보지만, 답을 이미 알고 있다.

퇴근길 풍경도 비슷하다. 저녁 어둑한 하늘 아래 버스를 기다리며 휴대전화로 실시간 버스 위치를 확인한다. 배차간격이 길기에 놓치면 긴 기다림이 뒤따른다. 정류장에 도착한 버스에서 내리며 '병점역에서는 천천히 걸어가자. 전철 한 대쯤 놓친다고 세상이 끝나는 건 아니니까.'라고 몇 번이고 되뇐다. 그러나 굳은 다짐도 계단을 오르는 순간 이미 잊힌다. 발걸음은 저절로 빨라지고, 주변 사람들 사이를 헤치며 전철역으로 향한다. 달리는 도중, 옆에서 누군가 발걸음을 재촉하는 기색이 느껴진다. 말은 없지만, 속도를 높이는 발소리에 묘한 긴장감이 스며든다. 마치 그를 이겨야만 전철을 탈 수 있을 것처럼, 이상한 경쟁심이 감돈다. 전철은 떠났고, 플랫폼 한쪽에서 서로를 바라보며 멋쩍게 웃는다. 남아 있는 사람들 사이에서도 묘하게 고립된 느낌만이 남는다.

전철에 올라 빈 좌석을 찾아보지만 대부분 이미 차 있다. 출입문 옆에 서서 숨을 고르며 창밖을 바라본다. 그러다 앞자리에 앉아 있는 어린아이가 눈에 들어온다. 아이는 무심히 바라보더니 갑자기 부모님께 작은 목소리로 묻는다.

"엄마, 저 아저씨 왜 이렇게 숨차 보여?"

고개를 갸웃거리며 다시 쳐다본다. 옆자리 어머니가 황급히 아이를 조용히 시킨다.

"쉿, 그렇게 말하면 안 돼. 힘든 일이 있으신 거야."

아이의 말 한마디가 마음속 잔잔한 물결을 일으킨다. 나도 모르게 자신을 돌아보게 된다.

다음 역에서 사람들이 오르내린다. 새로 탄 승객들이 빈자리를 향해 발걸음을 재촉한다. 그 중 한 사람이 나와 눈이 마주친다. 조금 전 플랫폼에서 경쟁하던 그 사람이다. 서로 동시에 빈 좌석을 향해 몸을 움직인다. 이번에는 누가 먼저 앉을지 조용한 승부가 시작된다. 찰나의 순간, 뒤에서 나지막한 목소리가 들린다.

"이봐요, 내가 앉아도 되겠소? 가방은 이리 줘요, 들어줄 테니."

고개를 돌리자 한 어르신이 서 계셨다. 그의 느긋한 태도와 능청스러운 미소가 긴장을 풀어준다. 경쟁은 흐지부지 끝나고, 우리는 물러선다. 어르신은 능청스럽게 자리에 앉으며 가방을 무릎 위에 올린다. 어딘가 기분 좋은 웃음을 띤 표정이다. 진정한 고수는 다투지 않는다. 자연스럽게 목표물을 차지할 뿐이다. 순간 서로를 바라보며 말없이 고개를 끄덕인다. 이번엔 무승부다.

희붐한 어둑새벽 속에서 달리며 시작한 하루가 저물녘에도 달리며 끝난다. 여유를 갖자는 다짐은 반복되지만, 내일도 아마 정류장을 향해 달리고 있을 것이다. 그래도 괜찮다. 달리는 와중에도 경쟁자와 허탈하게 웃고, 어린아이의 말에 미소 짓고, 어르신의 느긋함을 배우는 순간이 있으니까.

조급하게 살아도, 느긋하게 살아도 결국 같은 플랫폼에 닿는다. 그렇다면 조금 더 가볍게 걸어보자. 오늘은 뛰었으니, 내일은 걸어볼까. 그래도 전철을 놓친다면, 그것도 인생의 한 장면일 뿐이니까.

땀이 건네는 말

나는 땀쟁이다. 땀은 단순한 생리적 반응을 넘어 내 삶의 흔적이다. 남들보다 훨씬 많이 흘리는 땀 때문에 어린 시절부터 여러 별명이 따라다녔다. '땀바가지' '폭포' '여름 샘물'과 같은 별명들은 아이들의 장난기 어린 웃음 속에 섞여 있었다. 그런 별명들이 내게 주는 부끄러움 때문에 손수건으로 닦아낼 수 없었다. 웃음으로 받아넘기며 창피한 내 모습을 숨기고자 했지만, 마음 한구석의 달아오른 맨얼굴은 쉽게 가려지지 않았다.

어른이 된 후, 땀은 상반된 얼굴을 보여주었다. 일을 할 때면 이마와 팔을 타고 흐르는 땀이 노력과 열정의 증거가 되었다. 땀방울이 맺힌 채 고개를 들었을 때, 주변에서 들려오는 칭찬은 과분했다. 칭찬을 들을 때면 민망함에 멋쩍은 웃음이 먼저 나왔다. 이마의 반짝이는 흔적이 진정한 실력이나 열정보다 더 쉽게 눈에 띄었기 때문이다.

일상에서 흘리는 땀은 불편한 괴로움이다. 한여름, 전철 안에서 등과 가슴을 흠뻑 적시며 앉아 있을 때면 문이 열릴 때마다 들어오는 사람들의 눈빛이 무겁게 느껴졌다. 축축해진 셔츠와 얼굴에서 미끄러져 내리는 작은 방울들이 부끄러움을 더했다. 아무리 애써 외면해 보려 해도, 시선은 여전히 내 안에 머물러 있었다.

땀은 내 감정의 조수와도 같았다. 긴장하거나 불안한 순간이면 거짓말처럼 몸 곳곳에서 솟아났다. 취업 때 첫 면접 날, 양복 재킷 아래 젖어가는 셔츠를 감추려 애쓰던 기억이 선명하다. 재킷을 벗는 순간, 드러날 것이 두려워 재킷의 무게를 견디며 어색하게 웃던 모습이 떠오른다. 그날의 땀은 단순한 불편함이 아니라, 마음속 불안과 취약함이 흘러내린 흔적이었다.

대학생 시절, 여름 강의실의 더위는 땀과 나 사이에 또 다른 이야기를 남겼다. 에어컨 없는 강의실, 창문을 통해 밀려드는 더운 공기가 숨조차 무겁게 만들었다. 공책 위로 스며들던 땀에 글씨를 번지고, 얇아진 종이가 찢어지던 날이 있었다. 펜이 종이를 뚫고 지나가는 순간, 곁에 앉아 있던 친구가 웃음을 터뜨렸다. "야, 너 진짜 대단하다. 땀으로 공책을 없애버리네?"라는 친구의 농담에 순간 얼굴이 뜨거워졌지만, 이내 말 속에 담긴 유쾌함에 나도 웃었다. 번져 사라진 글씨는 그날의 흔적을 지웠지만, 친구와의 웃음소리는 오래도록 기억에 남아 있다. 어쩌면, 땀은 그런 방식으로 나를 사람들과 이어주는 매개체였을지도 모른다.

여름이 되면 사람들은 시원한 냉면이나 빙수를 찾는다. 그러나 내게 여름은 뜨거운 국물과의 만남이 필요했다. 에어컨 아래에서 한 숟가락의 찌개를 떠먹을 때, 그 뜨거움은 단순한 음식 이상의 위안이었다. 이마에 땀이 맺히고 손수건으로 닦아내면서도 놓을 수 없는 그 맛은 고단한 여름날에 나만의 작은 승리였다. 땀과 국물이 함께 어우러지는 순간, 나는 여름의 열기와 화해할 수 있었다.

가끔은 땀을 가리기보다 드러내는 것이 더 쉬운 방법이었다. 여름날 도서관에서 책을 옮기거나, 책상을 옮길 때면 먼저 "나는 원래 땀을 많이 흘린다."라고 말하곤 했다. 그 한마디에 사람들의 놀란 표정은 누그러졌고, 가벼운 농담으로 이어졌다. 어떤 이는 "너 정도면 열정의 상징이지."라고 웃으며 말했다. 그렇게 땀은 더 이상 부끄러움이 아니라, 나만의 흔적으로 자리 잡아갔다.

삶은 끊임없이 흘러간다. 땀방울처럼 떨어지는 순간들이 쌓이고, 그것들은 고난과 열정을 뒤섞은 흔적이 된다. 산을 오를 때, 하루의 일을 마친 뒤, 이마를 타고 흐르는 땀은 단순한 신체적 반응이 아니다. 그것은 무언가를 위해 나 자신을 내던졌다는 증거다. 땀이 흐를 때마다 내 존재는 더 분명해진다. 그 불편함 속에는 나만의 이야기가 담겨 있다. 땀방울 하나하나는 나의 시간을 담은 '별'이다. 별들이 모여 나만의 하늘을 수놓는다. 흐르는 땀은 삶의 의미를 새롭게 하고, 고난과 열정을 동시에 품어낸 가장 솔직한 증거다.

숨바꼭질

창밖을 내다보며 어둑한 풍경에 마음을 기댄다. 어스름이 깔리기 시작한 하늘에 붉은 노을이 물들고, 어둠 속에서 별들이 하나둘 고개를 내민다. 바람이 나뭇잎 사이를 스치며 '쏴아' 속삭임을 흩뿌릴 때면, 어린 시절 숨바꼭질 놀이가 떠오른다.

그 시절, 여름 저녁의 공기는 늘 따뜻하고 부드러웠다. 학교를 마치고 집으로 돌아와 저녁이 되자, 동네 아이들은 하나둘 골목길로 모여들었다. 낮 동안의 더위가 잦아들고 선선한 바람이 불어오면 자연스럽게 우리는 놀이에 빠져들었다. 숨바꼭질은 단순한 놀이가 아니었다. 서로의 웃음과 속삭임이 섞인 시간과 작은 모험의 연속이었다.

골목길은 마치 미로 같았다. 매일 새롭게 찾았던 숨을 장소는 놀이를 더 흥미롭게 만들었다. 드문드문 빛을 흘리는 가로등 아래 골목은 우리만의 비밀스러운 공간이었다. 어둠길을 뛰노는 동안에는 공부도 숙제도 잊혔다. 친구들과 숨어서 나눈 속삭임은 여전히 마음 한편에 선명이 남아 있다. "저기 술래다!" 누군가 속삭이면 모두 숨을 죽였다. 술래의 발걸음 소리가 가까워질수록 가슴이 두근거렸다. 긴장과 기대가 교차하는 순간들이 밤을 가득 채웠다.

나는 동네의 수호 나무처럼 느껴지던 500년 된 느티나무 근처에 숨곤 했다. "느티나무님, 제발 도와주세요!" 나무 곁에 찰싹 붙어 기도하며 술래가 되지 않길 바라던 기억이 생생하다. 그날도 여느 때처럼 나무 아래에 숨어있었는데, 까만 고양이 한 마리가 갑자기 튀어나와 비명을 지르고 말았다. 그 소리에 술래였던 친구가 금세 나를 찾아내며 "고양이도 그곳에 숨는구나?"하고 크게 웃던 장면이 떠오른다. 예상치 못한 일조차 우리는 즐거운 놀이로 받아들였다. 멀리서 들리던 웃음소리와 "찾았다!" 하는 외침은 마음에 따사로움을 더했다. 모두가 그 순간을 진심으로 즐기고 있다는 사실이 왠지 뿌듯했다.

숨바꼭질이 끝나도 우린 쉽게 헤어지지 않았다. 골목길에 앉아 달을 보며 이야기를 나누거나 밤 매미 소리에 귀를 기울이기도 했다. 방금까지 뛰놀던 우리에게 그 시간은 낯설고 어색하게 느껴졌다. 고요 속에서 나눈 이야기는 유난히 진지하고 깊게 다가왔다. "언젠가 우리도 어른이 되면 지금을 그리워할까?" 친구의 물음에 잠시 생각에 잠기던 순간이 아직도 생생하다.

저녁이 지나도록 쉽게 끝나지 않던 우리의 놀이는 부모님이 불러 모으는 소리에 마무리되곤 했다. 이 집, 저 집에서 "○○아 저녁 먹어라!"하는 소리가 들려오면 아쉬운 표정을 지으며 하나둘 집으로 발걸음을 옮겼다. 집으로 돌아가는 길에도 우리의 웃음소리와 장난은 멈추지 않았다. 각자 집 앞에서 마지막으로 인사를 나누며 "내일도 숨바꼭질 하자!"는 약속은 우리만의 의식이었다. 다시 어울려 웃고 떠들 날을 기대하며 잠자리에 들었다.

아이들의 웃음소리가 들린다. 골목마다 숨바꼭질에 푹 빠진 꼬마들의 움직임이 어두운 저녁을 물들이고 있다. 가로등 아래에서 "꼭꼭 숨어라, 머리카락 보일라!"라는 외침은 동네 구석구석으로 번진다. 각자 숨을만한 곳을 찾아 흩어진다. 담장 뒤에서 옷자락을 꼭 움켜쥔 손과 주차해 놓은 자동차 뒤에서 살짝 고개를 내미는 모습이 보인다. 살금살금 내딛는 발걸음 소리와 숨죽인 웃음소리가 저녁 공기 속으로 퍼지며 골목을 가득 채운다.

오래전 나와 친구들이 뛰놀던 순간들이 떠오른다. 느티나무 아래에서 속삭이며 터져 나왔던 웃음소리가 귓가를 스친다. 숨바꼭질에서 느꼈던 작은 설렘과 기쁨이 마음속 잔물결처럼 번진다. 어린 시절의 숨바꼭질은 단순한 놀이가 아니었다. 어둠 속에서 서로를 찾으며 웃음을 나누고, 작지만, 단단한 용기를 배워가던 시간이기도 했다.

추억은 밤하늘의 별빛처럼 조용히 마음에 스며든다. 머릿속에는 별처럼 반짝이는 기억들이 하나둘 떠오른다. 그 시절 골목에서 느꼈던 긴장과 기쁨은 지금의 나를 지탱하는 힘이 되었다. 새벽빛처럼 은은히 퍼지던 그때의 웃음소리는 여전히 내 안에서 따스한 용기로 피어난다. 그 웃음소리는 시간이 흘러도 변치 않는 희망과 용기의 근원이 되어준다.

달빛이 물러가고, 햇귀가 누리에 번진다. 오늘은 또 다른 추억이 시작될 날이다. 어른이 된 나는 과거의 소중한 기억을 품고, 숨바꼭질하며 가졌던 작은 용기를 떠올리며 삶의 골목길에서 희망을 품고 나아간다. 과거와 현재, 그리고 미래가 조용히 이어지며 내 삶의 이야기를 빛으로 엮어간다.

이흥근

수필가, 행정사, 행정관리사

경력:

KC대학교 사회복지대학원 석사
김포시청 정년퇴직
김포시 복지재단 사무국장 역임

현재)〈수필공방문학회〉〈한국공무원문인협회〉〈다詩다〉〈소사문학회〉회원

수상:

녹조근정훈장 수훈
행정자치부 〈자랑스러운공무원〉 수상
행복자치부장관 표창
2021년 〈공무원문학〉 수필 부문 신인상 및 등단

어머나, 맙소사

우리나라 사람이 가장 사랑하는 뮤지컬을 부개도서관에서 관람했다. 도서관 1층에 아이들과 시민들이 꽉 차서 인기를 말해주었다. 도서관장이 뮤지컬 해설을 맡았다. 뮤지컬을 음악과 자막으로 구성된 영화로 봐도 느낌이 특별했다.

오페라는 뮤지컬보다 먼저 생겼다. 오페라에 등장하는 연기자를 '배우'라고 부르고, 뮤지컬은 음악이 주가 되기에 '가수'라고 한다. 영국에서 미국으로 건너간 대중음악으로 음악과 춤을 동시에 전했다.

'맘마미아(Mamma Mia)'는 스웨덴 국적의 4인조 팝 그룹인 아바(ABBA)가 부른 노래로 이탈리아어에서 유래된 표현이다. 직역하면 "오, 나의 엄마!" 또는 "어머니!"라는 뜻인데, 주로 놀라거나 감탄할 때 쓰이는 감탄사다. 영어의 "Oh my God!"와 비슷한 의미다. 맘마미아 뜻을 한국어로 하면 '엄마야!' 또는 '어머나, 맙소사'라는 뜻이다. 중장년층에게 인기가 많아 돈지갑을 열게 하였고 인기를 누렸다고 한다.

뮤지컬 '맘마미아'는 아바가 불렀던 노랫말을 줄거리로 구성하였다. '맘마미아'의 무대는 그리스 지중해의 외딴섬, 젊은 날 한때 꿈 많던 아마추어 그룹의 리드싱어였으나, 지금은 작은 모텔의 여주인이 된 '도나'와 그녀의 스무 살 딸 '소피'가 주인공이다. 도나의 보살핌 아래 홀로 성장해 온 소피는 약혼자 '스카이'와의 결혼을 앞두고 아빠를 찾고 싶어 하던 중 엄마가 처녀 시절 쓴 일기장을 몰래 훔쳐본다. 그리고 그 안에서 찾은 자신의 아버지일 가능성이 있는 세 명의 남자 '빌'과 '샘'과 '해리'에게 어머니의 이름으로 초청장을 보낸다.

소피의 초대를 받은 엄마의 옛 친구들이며 같은 그룹의 구성원이던 '타나'와 '조지'가 도착하고, 소피의 친구들과 즐거운 시간을 보낸다. 그때 엄마의 옛 연인 세 명이 한꺼번에 도착한다. 엄마는 당황하며 어쩔 줄 몰라 한다. 소피는 흥분된 마음으로 진짜 아빠를 찾느라 여념이 없다. 세 남자를 만난 후에 진짜 자신의 아버지가 누구인지 더욱 헷갈린다. 결혼식을 준비하는 동안 세 명의 남자는 도나와 각기 옛일을 회상하며 감상에 젖는다. 도나는 아직도 샘을 사랑하고 있다는 것을 느낀다. 샘은 그녀가 다시 자기를 향해 마음을 열기를 바라지만, 도나가 혼란스러워하며 거부한다.

드디어 결혼식 날, 결혼식이 거행되기 전에 도나는 축하객들 가운데 소피의 아버지가 있지만, 자신도 누구인지 알 수 없었다. 소피 또한 자기 삶에 있어서 중요한 것은 누구인지도 모르는 아버지가 아니라, 자기 자신과 자신을 사랑하는 사람들이라는 것을 깨닫는다. 소피는 자신에 대해 좀 더 알아보는 시간을 갖기 위해 결혼하지 않기로 결심한다. 주인을 잃어버린 결혼식은 하객들의 왁자지껄한 권고 끝에 샘과 도나에게 시선이 옮겨진다.

샘의 청혼 앞에서 망설이든 도나가 친구들과 하객들이 보내준 용기로 그의 사랑을 받아들인 것이다. 행복한 결혼식 후 소피는 더 넓은 세상에서 자신의 꿈을 펼칠 것을 노래하며 약혼자 스카이와 여행을 떠난다.

나는 상상도 하지 못할 이야기가 뮤지컬로 펼쳐졌다. 아내와 결혼 40여 년 차에 접어들었지만, 비가 오나 눈이 내리나 변함없이 사랑한다. 서양 사람들처럼 열린 사고로 살다 보면 '어머나, 맙소사'라는 경우가 생길 것 같다. 이런 말은 나와는 먼 이야기로 그저 평범하게 사는 것이 행복이라고 새삼 떠올린다. 앞으로도 '어머나, 맙소사'라는 말이 튀어나오지 않게 살아갈 것이다.

뮤지컬은 노래와 춤이 어울려 흥미롭다. 노래와 춤으로 흥을 돋우니 저절로 신이 나고 즐거웠다. 그 밖에도 '레 미제라블'과. '알라딘'"드림걸즈"'지킬 앤드 하이드' 등 여러 뮤지컬을 관람했다.

뮤지컬은'뮤지컬 시어터'의 약어로 '뮤지컬 플레이'"뮤지컬 코미디"'뮤지컬 레뷔'의 총칭으로 연극, 노래, 댄스를 조합한 연극이다. 음악과 춤이 플롯 전개에 긴밀하게 짜맞춘 연극이다. 뮤지컬은 미국에서 발달한 현대 음악의 한 형식이다. 음악, 노래, 무용을 결합한 것으로 뮤지컬, 코미디와 뮤지컬 플레이를 종합하고 그 위에 레뷔, 쇼 스펙터클 따위의 요소를 가미하여 큰 무대에서 공연하는 종합 무대 예술이다.

뮤지컬에서 동양과 서양의 문화 차이를 느낀다. 우리나라 결혼 풍습도 많이 달라졌다. 진정한 사랑과 행복이 무엇인지 느꼈던 뮤지컬의 여운이 남는다. 행복은 늘 가까이 있다는 것을 새삼 깨닫는다.

거울

'복면가왕'이라는 TV 프로그램을 흥미롭게 본다. 가면 속에 숨겨진 사람은 누구일까? 궁금하다. 관객도 가면을 벗을 때 환호하고 손뼉을 친다. 나이 40세가 넘으면 얼굴에 책임을 져야 한다는 말이 있다. 입사 시험에서 면접을 볼 때도 최상의 모습을 보여주려고 노력한다.

프로그램에 등장한 유도 메달리스트 조준호과 조준현은 쌍둥이 형제로 전국체전, 런던 올림픽에서 메달을 따서 얼굴이 알려졌다. 체형도 비슷하다. 둘 다 복면가왕에서 1차에 탈락했지만, 긍정적이고 얼굴이 밝다. 마치 거울을 보는 느낌이다. 밝은 얼굴은 보는 사람도 마음이 밝아진다. 문득 쌍둥이 형제가 서로 마음이 맞지 않아 울상이 된 친구가 생각났다. 나와 오래전부터 친하게 지내는 친구는 쌍둥이로 태어나 초등학교를 졸업하고 형제가 많아 학업을 포기하였다. 그는 부천 범박동의 신앙촌 관리자와 건물 관리인으로 근무하였다. 칠십 초반인데도 성실하여 아직도 A중학교 관리원으로 근무하고 있다.

친구의 아버지는 6.25 전쟁 때 평양에서 내려와 어려움이 많았다고 한다. 아버지가 육십 초반에 이승을 떠나자, 가장이 되어 형제자매의 어려운 상황을 슬기롭게 해결했다. 쌍둥이 동생이 2년 전에 저세상으로 갔지만, 성격이 너무 달라 많은 고심을 했다고 속내를 털어놓았다.

결혼할 때 친구는 돈이 없어 시장 안에 있는 문화원에서 결혼했다. 동생이 부평 문화예식장에서 결혼할 때, 동네에서 쌀 계를 들어 첫 번째로 타게 되었다. 당시, 현금 75만 원을 받아 예식비와 음식비를 제하고 나니 7만 원이 남았다고 한다. 동생이 예식이 끝난 후에 남은 7만 원을 드라이브 비용으로 달라고 하여 모두 줄 수밖에 없었다며 하소연을 늘어놓았다. 집으로 돌아오는 길에 형의 마음을 몰라주는 것이 서운하여 한없이 울었다면서 속상해하였다.

친구의 셋째 동생은 놀이를 좋아하여 방탕한 세월을 보내다가 빚까지 졌다. 친구가 상당히 많은 부분을 갚아 주었는데, 오 년 전에 암으로 세상을 떠났다. 막냇동생은 군에 입대하여 훈련받다가 사고로, 저세상으로 갔다. 동생의 장례를 치르고 난 뒤에 여동생도 결혼시켰다.

친구는 맏아들로 태어나 아버지 몫까지 뒷바라지하는 삶을 살았다. 스트레스를 풀려고 술을 마시면서도 본분을 망각하지 않고 자신을 지켰다. 살아오면서 많은 어려움이 있었지만, 친구들에게 잘하여 어려운 여건에 있는 친구를 적극 도왔다. 친구 아내도 그동안 소매점을 하여 재산을 늘리는 등 살림살이에 보탰다. 남매를 두어 결혼을 시키고 이제야 짐을 덜었다. 딸이 심성이 고와 시댁에도 잘하고, 친구에게 꾸준히 전화로 안부를 묻는다는 소식을 들을 때면 내일인 양 기쁘다. 딸이 여름에 사돈 부부와 함께 여행을 가자고 하여 준비하고 있다며 행복해했다.

집안 내력인지 몰라도, 친구 딸이 쌍둥이 손녀를 낳아 할아버지에게 사랑의 선물을 안겨 주었다. 그동안 형제들 일로 고생하며 울상이었던 얼굴에 모처럼 환한 웃음을 찾은 것이다. 그야말로 꽃이 피었다. 요즘 친구 얼굴은 편안하고 기쁨이 가득 차 보인다. 볼수록 얼굴이 거울처럼 맑고 고요하다는 느낌이 든다.

인류 최초의 거울은 물의 표면이었다고 한다. 오래전부터 인간은 물에 비친 자신 모습을 확인하며 살았다. 그러나 물은 쉽게 파동이 일고, 휴대할 수 없어 암석을 갈아서 매끈하게 윤을 내어 거울로 사용하기 시작하였다. 19세기에 이르러서야 은도금의 새로운 기법이 사용되면서 거울이 대량 생산이 되었다.

거울은 있는 그대로 사람 얼굴을 비춰준다. 거짓된 마음도 표정을 통해 나타난다. 거울 앞에 서면 속일 수가 없다. 거울은 그 사람의 얼굴을 통해 마음마저 비춰준다. 맏이로 부모 역할을 하며 고생한 친구 이야기는 주변 사람들에게 거울 같은 역할을 해주고 있다. 거울은 솔직하다. 비춰보면 그대로 다 비춰준다. 세상 풍파 다 겪으며 고생만 해온 친구가 이제 거울 속에서 활짝 웃는 모습을 상상해 본다.

영화 '인천상륙작전'을 보고

이십 대에 직장 상사의 소개로 아내를 만났다. '동인천예식장'에서 결혼
식을 올릴 때 인근에 있는 자유공원을 찾았다. 고등학교 때 담임선생님
과 친구들, 아내 친구들과 함께 맥아더 장군 동상 앞에서 기념사진을 찍
었다. 사진을 코팅해서 친구들과 선생님을 드리니 좋아하시던 그때 일
이 떠올랐다.

그 당시는 몰랐지만, 영화를 보고 생각하니 세계적인 명장인 맥아더 장
군이 마치 우리 결혼을 축하하며 인도하는 주례처럼 장엄하게 서 있다.
우리의 결혼이 맥아더 장군 동상으로 오래 기억되고 위대한 전쟁 사연까
지 기억하고 있다.

1950년 6월 25일 북한의 기습 남침으로 불과 사흘 만에 서울이 함락되
었다. 한 달 만에 낙동강 지역을 제외한 한반도 전 지역을 빼앗겼다. 국
제연합군 최고 사령관 '더글러스 맥아더('라임 니슨' 역)'는 모두의 반대 속
에서 인천상륙작전을 계획한다. 해군 인사들이 반대했던 성공 확률
5000:1에 불가능에 가까운 작전이었다. 격렬하게 반대하는 와중에, 맥

아더 장군은 이런 난점이 오히려 적의 허점을 찌르는 기습이 될 수 있다며 끝까지 인천상륙작전을 주장, 결국 8월 28일 미 합참참모부로부터 승인을 얻었다.

전세를 역전시키고 북한군으로부터 주도권을 빼앗기 위한 계획을 수립했다. 북한군을 제압할 가능성이 희박했지만, 서울을 통과하는 북한군 병참선을 차단하기 위해 그는 전략적 기동에 의존하려 하였다. 맥아더 장군은 서울을 되찾고 북한군을 기습 공격하기 위해 서울과 인접한 곳에 상륙해야 했다. 그 장소로 서울에서 가장 가까운 인천항구를 선택했다.

작전의 암호가 '크로마이트'였던 인천상륙작전은 역사상 최고의 상륙작전으로 기록되었다. 1950년 9월 15일, 미 제1해병사단과 미 제7보병사단은 미 제10군단 지휘하에 인천항구 해변에 맹공격을 가했다. 미군은 내륙으로 이동해 서울을 수복했고 부산 교두보까지 연결되는 북한군의 병참선도 차단했다. 이와 동시에 미 제8군은 부산 교두보로부터 돌파를 개시했다. 이러한 맥아더 장군의 훌륭한 군인정신을 바탕으로 한 기습의 일각으로 북한군을 효과적으로 섬멸할 수 있었다.

부평 부개도서관에서 주관하는 섬을 탐방하는 프로그램에 참여하였다. 영흥도의 십리포를 방문해 '영흥도 전적비'를 보았다. 6.25 전쟁 당시 영흥도 십리포 지역은 인천상륙작전을 위한 정보수집 캠프가 설치된 곳이다. 인천상륙작전 성공에 초석이 된 역사의 현장이다.

1950년 9월 13일, 영흥도 청년방위대원들이 북한군 대대급 병력을 물리치는데, 결정적인 공헌을 했으며, 이 전투에서 순국한 해군 영흥지구 전투 전사자와 영흥면 대한청년단 방위대원 14인의 숭고한 업적을 기리기 위해 건립하였다. 우리 해군과 영흥면 대한청년단의 숭고한 업적을 기린다.

살아오면서 나 자신도 수많은 결정을 했다. 지난 일을 돌아보며 그때의 결정은 잘한 것인지 생각해 본다. 어린 시절은 미숙하여 앞뒤 생각하지 않고 말이나 행동을 성급하게 한 것 같다. 잘못을 알면서도 부모님께 걱정을 끼쳐 드렸다. 청년 시절에는 혈기가 왕성하여 끊임없이 도전하면서도 노력하지 않았다. 욕심만 앞서 분수에 맞지 않은 결정을 하여 종종 실패했다. 중년이 넘어 해가 서산으로 지듯 평소 잘 알고 지내는 지인들과 선배 친구가 하나둘 곁을 떠났다. 나 역시 소심해지고 한번 결정하는데, 시간이 걸린다. 물어보고 다른 사람이 했던 일이나 경험을 생각한다. 자신이 부족한 점이 많지만, 맥아더 장군이 현명한 결정을 했던 것을 떠올린다.

요즘 귀여운 손주들의 재롱을 보며 행복에 빠져들어 지나온 발자취를 더듬는다. 내가 세상을 살면서 가장 잘한 결정은 아내를 만난 것이 아닐까라고 생각한다. 결혼하려고 은행에 근무하는 이성을 주위의 소개로 만났다. 같은 날 오후, 인근 동인천 다방에서 직장 상사 소개로 아내를 만났다. 그 당시 나는 김포군 검단면에 근무하였고, 아내는 인근에 있는 재건중학교 교사로 근무하였다. 자주 만나다 보니 정이 들었고 결혼을 약속하였다. 사귄 지 2년 후, 양가 가족끼리 만나 약혼하고, 1년 후에 결혼하였다.

우리나라의 슬픈 역사를 다룬 영화를 보면서 느낀 점이 많다. 이 땅에 다시는 아픈 전쟁이 일어나서는 안 된다는 것을 새삼 뼈아픈 교훈으로 느꼈다. 전쟁에서 희생된 호국선열들에게 묵념해 드리며, 그분들의 숭고한 희생을 기억한다. 우리나라의 자유와 평화를 지키기 위해 목숨을 초개와 같이 버린 참전한 UN군의 고마움과 희생된 용사들의 넋을 기린다. 이번 결혼기념일에는 맥아더 장군 동상을 찾아가 사진을 다시 찍어야겠다. 맥아더 장군의 평화 사랑을 느끼게 한 영화의 장면들을 떠올린다.

참외

참외를 보면 어머니가 생각난다. 아내와 손자도 참외를 좋아한다. 달콤한 맛은 무더운 여름 날씨에 상큼하고 시원하게 해주는 청량제다.

김포의 신기마을(현재, 인천광역시로 편입)은 이 씨 집성촌이다. 내가 어릴때 종친이 작은 집에 참외를 심었다. 길가 근처라 원두막을 지었다. 원두막에서 풀벌레 소리를 들으며 밤새도록 호롱불 밑에서 두런두런 이야기하면, 시간 가는 줄 몰랐다. 명화 감상을 하고 아름다운 장면을 그리며 서로 이야기할 때는 마치 주인공이 된 양 몰입하였다. 농익은 참외를 먹을 때 달콤한 향기가 물씬 풍긴다. 원두막에서 내려다보면 노란 참외가 햇볕과 달빛에 환상적이었다.

참외는 박과에 속하는 덩굴성 1년생 초본식물이다. 옮겨 심은 것을 아주 싫어하는 작물이다. 높은 온도를 좋아하기에 일찍 심는 것을 피해야한다. 시골집에 갈 때, 창신초등학교 근처 친구네 가게에서 참외를 사서가지고 갔다. 어머니는 반갑게 맞이하며, 손수 기른 채소, 오이, 호박등을 주셨다.

이름에 '참'이라는 글자가 들어가는 단어는 무언가 색다른 느낌이 든다. 참나무, 참깨. 참기름, 참숯, 참배나무 등이다. 그중 노란 참외는 따뜻한 느낌이 들고 낯익은 친구 같은 친밀한 느낌이 든다. 호박같이 크지 않고 토마토같이 작지 않고 적당한 크기다. 어린 시절 소를 몰고 들에 나가 풀을 먹였다. 쇠꼴을 베다가 노란 개똥참외를 발견하여 따 먹었을 때 달콤한 맛을 잊을 수 없다. 아삭아삭하게 씹히고 달콤함이 입속에 가득하여 행복하였다.

한강 농조 수로 옆길 길섶에 개똥참외를 발견하여 좀 더 익기를 기다렸는데, 다음날 개똥참외가 없어져 서운했던 적이 있었다. 내가 주인도 아닌데, 내가 탐내는 것을 다른 사람도 욕심낼 수 있지 않겠는가. 세상일은 내 마음대로 되지 않으며, 살아가며 적당한 때가 중요하다는 것을 배우고 느꼈다.

조금만 밭이 있다면 참외를 심고 싶다. 원두막을 짓고 풀벌레 소리를 들으며 달밤에 참외가 노랗게 익어 가는 풍경을 그려본다. 손자에게 옛날이야기 들려주며 달콤한 맛을 같이 나누고 싶다. 어머니가 살아 계신다면, 내가 농사지은 참외 중에서 가장 맛있게 생긴 놈을 골라 반으로 자른 다음, 숟가락으로 속을 긁어 입속에 넣어 드리고 싶다.

사라지고 없어진 것은 더 생각나고 아쉬움만 남는다. 좀 더 많은 추억을 쌓지 못한 게 후회스럽다. 세상의 모든 일에는 적당한 때가 있다는 것을 새삼 깨닫는다.

장가계를 다녀와서

아내와 5박 6일 동안 중국의 장가계와 원가계, 천문산을 관광했다. 대한 항공 편으로 3시간 20분 만에 우한공항에 도착했다. 외국을 여러 번 여행하였지만, 그저 놀랍다.

가이드의 안내로 버스를 타고 7시간 40분 만에 장가계에 도착했다. 중국 최대의 명절인 '춘절'을 맞아 고속도로가 무척 막혔다. 명절에는 통행료가 무료라서 교통이 혼잡하다고 한다. 7시간 이상을 가는데도 산을 볼수가 없이 평야가 이어졌다. 10여 전 중국에 왔을 때와 비교하여 변하지 않는 곳도 있지만, 고층빌딩과 아파트가 많이 생겼다. 우한에는 평야 지대로 물이 많고 호수가 많다. 그래서인지 민물고기를 많이 기르고 판매한다고 한다. 일 년에 3모작 하는데, 처음에 유채를 심고, 벼를 심어 수확한 후 목화를 심는다. 고속도로 옆에는 낡은 이층집이 많았는데 1층은 가축을 기르거나 창고로도 사용하며 사람은 2층에서 생활한다.

우리나라 사람들이 많이 찾는 장가계 관광지구의 정식 명칭은 '무릉원 풍경명승구'인데, 이는 도연명의 도화원에 나오는 무릉도원의 실제 무대이다.

'돌아가자! 전원이 황폐해지려고 하는데 어찌 돌아가지 않겠는가? 지난날 마음이 육체에 의해 부담을 받았다고 해서 어찌 실의에 빠져 슬퍼만 하라? 지난날은 바로잡지 못하더라도 앞날은 제대로 갈 수 있음을 알겠노라. 길을 가기 전에, 오늘이 옳고 어제가 그르다는 것을 깨달았네…. 돌아가자! 세상과 교류도 그만두리. 세상과 나는 서로 어긋나기만 한데, 다시 수레를 타고 무엇을 구하리? 이 몸을 기탁 할 날이 얼마나 남았다고, 마음 가는 대로 내맡기지 않고 안절부절 어디로 가려 하는가? 부귀는 내가 원하는 바가 아니고 신선이 사는 곳은 바랄 수가 없나니, 좋은 날이면 홀로 거닐면서 지팡이 세워 놓고 김을 매기도 하고, 동쪽 언덕에 올라 휘파람을 불기도 하고, 맑은 물가에서 시를 짓기도 한다. 애오라지 자연의 조화를 따르다 삶을 마칠 것이니. 천명을 즐기되 무엇을 더 의심하리?'

— 도연명, 「귀거래사」 중에서 —

1994년에 '장가계'로 이름을 바꾼 것은 한 고조 유방의 책사 장량이 그를 처단하려는 황후의 계략을 피해 도망친 곳이라고 하여 장가계라 한다. 이천년의 역사를 가진 고도이자 마오쩌둥(모택동)의 고향으로도 유명하다. 호남성의 성도로 정치, 경제, 문화, 여행의 중심이며, 최근에는 역사 명승고적을 특색으로 하여 관광산업으로도 새롭게 떠오르고 있다고 한다.

억만년을 거쳐 계속된 침수와 자연붕괴 등의 자연적 영향으로 깊은 협곡과 기이한 봉우리, 물 맑은 계곡의 자연 전경이 만들어졌다. 웅대하면서도 아름답고 기이한 산세에 많은 학자와 전문가들은 무릉원을 '대자연의 미궁'과 '지구 기념물'이라 부른다. 천문산에는 7,455미터의 케이블카가 있다. 세계 최장의 케이블카다. 72개의 기루와 바닥을 내려 볼 수 있는 다리 유리잔도, 절벽 위에 설치한 귀곡잔도 등도 아찔하고 현기증이 난다. 여행 도중 한 사람이 심장이 멎어 숨졌다고 한다. 안개가 끼어 앞에 시야가 가렸지만, 관광객들에게 눈길을 끄는 곳은 아바타 촬영지로 천하제일교, 미혼대 등이 아름답다. 수직으로 선 백룡 엘리베이터를 타고 천지산에 갔다. 하령공원과 어필봉을 눈앞에서 봤다. 공중정원에서 생산된 수박이 시원하고, 꿀맛이었다. 유리 다리 협곡을 지나 집-라인을 탔다. 처음에는 두려움이 있었으나 기분 좋았다. 미끄럼틀을 타고 내려오는데 옛날 어린 시절이 생각났다.

우리나라 관광객이 주류를 이룬다, 음식도 거부감이 느껴지지 않고 입맛에 맞아 먹을 만했다. 군성사석학은 돌이나 모래를 갈아서 만든 것으로 그림판에 붙인 것으로 이색적이다. 이처럼 경치가 좋은 무릉원 풍경 명승구는 장가계 산림공원, 장가계 풍경구, 색계욕 풍구, 천지산 풍경구로 나누어져 있다. 가장 대표적인 곳이 장가계 산림공원이다. 거리가 깨끗하고 가로등도 현대식으로 설치하여 산과 어울려 화려하다.

그동안 많이 발전하였음이 실감 났다. 중국 입국과 동시에 인터넷이 통제되고 관광지 입구에서는 얼굴인식을 한다. 사회주의 국가라서 그런지 엄격한 통제가 피부에 느껴졌다.

중국 옛말에, '인생부도 장가계 백세개능칭노음(人生不到張家界, 白歲豈能稱老翁)'이라는 고사성어가 있다. '사람이 세상에 태어나서 장가계를 가보지 않고서는 100세가 되어도 어찌 늙었다고 하겠는가?'라는 뜻이다. 입구에 원숭이들이 나와 관광객이 던져 주는 빵과 음식을 먹는다. 사진을 찍어도 도망가지 않는다.

무릉원 풍경명승구는 면적이 우리나라 여의도 면적의 11.2배라고 한다. 이곳은 아열대기후 지역이다. 비가 오는 날이 일 년에 200일이 넘는다고 한다. 무릉원은 빗속에 구경하는 것이 정상이다. 입구에 금편암과 취라한이라는 두 개의 바위 봉우리가 하늘로 치솟아 있는 이 계곡은 빗물에 침식되어 만들어진 바위산의 협곡이었다. 계곡 양쪽으로 늘어서 있는 바위 봉우리가 수백 미터에 이르는 것이 수직으로 솟아 있어 보는 이를 아찔하게 하는데 산봉우리와 계곡의 아름다움에 탄성을 질렀다.

'십리화랑'은 십 리에 걸쳐서 펼쳐진 산수가 그림처럼 아름답다고 해서 붙여진 이름이다. 모노레일을 설치하여 사람들이 타고 오르내리도록 해 놓은 이 계곡은 형형색색의 바위 봉우리가 늘어서서 장관을 이루고 있다. '황룡 동굴'은 길이가 15㎞나 되는 4층 석회동굴로 20명이 탄 배를 타고 10분 정도 가다가 소라고둥처럼 난 길을 따라서 오르는데, 까마득한 천장 바위틈에서 쏟아져 내리는 천석수는 높이가 50m나 되어 장관을 이르고 있었다. 동굴 정상에 있는 용궁은 수많은 석순이 발달하여 황홀하기 이를 데 없었다. 큰 것과 작은 것, 긴 것과 짧은 것, 굵은 것과 가는 것들이 온갖 다양한 형태로 형성되어 있었다. 그중에서도 천장으로 30m나 까마득히 솟아오른 가느다란 종유석이다. 저렇게 가늘고 긴 석순이 부러지지 않고 서 있을까? 자연의 섭리는 참으로 오묘했다.

보봉호는 본래 수력발전을 목적으로 산골짜기에 둑을 쌓아 만든 인공호수였으나 풍광이 아름다워서 지금은 관광객들의 유람장이 되었다. 호수에는 작은 섬이 군데군데 떠 있고 주위에는 기이한 산봉우리들이 많아서 유람선을 타고 있노라면 나도 신선이 된 듯한 기분이 들었다.

케이블카를 타고 천지산 1,250m를 올랐다. 우리나라의 명지산 높이다. 이것은 자연의 아름다움이 그대로 남아있다. 기기묘묘한 바위 봉우리가 수없이 늘어서서 맵시 자랑을 하고 있는데, 크고 길며 가늘고 짧다. 검푸른 소나무가 자라고 있는 모습이 아름다웠다. 천지산 정상 부근 전망 좋은 곳에 있는 하룡공원은 하룡장군을 기념하여 만든 것이다. 높이가 6m나 되는 하룡장군의 동상이 우뚝 서 있었다. 하룡은 천지산에서 산적을 하다가 국민당 장제스 부대를 거쳐서 공산당 마오쩌둥 부대에서 장군이 된 인물로 중국 10대 원수 중의 한 사람이라고 한다. 공원 입구에 있는 '하룡공원' 푯말은 장쩌민 주석이 쓴 것이며 하룡 전시관도 있다. 그의 유품도 볼 수 있었다.

원난성은 중국 서남쪽에 있어서 베트남, 미얀마, 라오스, 삼국과 국경을 접하고 있다. 이곳은 바이족과 하나족, 다이족, 나시족, 등 25개 소수민족이 인구의 1/3을 차지한다. 나시족의 동파문화와 따리의 바이족 문화 다이족의 패업 문화 등 은 원난의 독특한 민속 문화를 형성하고 있었다.

낯선 나라를 여행하면서 느낀 점이 많다. 장가계의 높고 낮게 솟아난 바위들이 눈에서 아른거린다. 하지만 아무리 좋은 풍경도 우리나라의 아름다움과 비교할 수 없다. 비록 국토는 작으나 외국에 여행 가서 아기자기한 삼천리금수강산의 아름다움을 생각하면 자랑스럽기만 하다.

김태헌

수필가 , 수필 창작지도(개인 · 그룹), 운문 및 문장 클리닉 전문, 자서전 작가

경력:

공무원 정년퇴임(법무부, 2018년), (사)국제문화예술협회 사무국장,
한국공무원문인협회 사무국장, 詩香서울낭송회 부회장, 콩나물신문 이사 역임

현재) (사)한국문인협회 부천지부 회원, (사)경기수필가협회 회원,
    (사)한국디지털문인협회 회원, 한국공무원문인협회 회원,
    전국소년소녀가장돕기시민연합 중앙회 고문 및 문화예술교육위원장
    (보건복지부 비영리민간단체)

수상:

2024년	2024년 제43회 복사골 백일장 전국 공모 대상, 경기도지사상(부천문화원)
	2024년 해남 행복에세이 전국 공모 대상(해남군, 도서출판 북산)
	2024년 양평의병 콘텐츠 전국 공모전 수상((사)양평의병기념사업회)
2023년	2023 울주이바구를 찾아서 전국 공모 최우수상(울주문화재단)
	제3회 정읍 무성서원 전국 공모 상춘문학상(유네스코 세계유산무성서원)
	제4회 허암예술제 전국백일장 공모전 차중(인천시 서구문화원, 해주정씨대종회)
	제4회 남명문학상 전국 공모 우수상((사)김해남명정신문화연구원)
	제2회 글로벌문학상 전국 공모전 수상(글로벌뉴스통신)
	제4회 강항문화제 K-문예대전 전국 공모전 수상(강항선생기념사업회)
	코벤트가든문학상 대상(강원경제신문)
	아름다운언어문학상 수상(경기수필가협회)
2022년	제10회 등대문학상 전국 공모 우수상(울산해양수산청)
	제6회 전국 통일문예작품 최우수상, 충남도지사상((사)김시민장군추모사업회)
	제29회 평택사랑 전국백일장 공모전 장원, 평택시장상(한국문협 평택지부)
	제12회 대한민국 독도문예대전 특선((사) 한국예총경상북도연합회)
	제6회 경기수필공모 대상((사)경기수필가협회)
	제1회 한국디지털문학상 전국 공모 은상(한국디지털문인협회)
	제1회 순천스토리텔링 전국 공모 우수상(순천문화재단)
2021년	제20회 공무원연금문학상 은상(공무원연금공단)
	제21회 산림문화작품공모전 수상(산림조합중앙회)
2006년	국제문예 수필 신인상(등단)
	법무부 공모전 은상(법무부장관)
外	매월당 문학상, 열린문학상, 빛창공모전 등 다수 수상

콩나물신문 〈아름다운 베르네천〉 연재(완)

행복을 읽는 시간

뙤약볕이 누리를 달군다. 밀짚모자 쓴 아버지와 보리를 베는데, 송골송골 맺힌 땀이 앙가슴으로 흘러내린다. 잉걸불 같은 더위가 쏟아져 내려 너울거리던 호박잎도 축 처졌다. 어찔어찔 어지러워 비실거리다가 쓰러질 것만 같다. 소나기라도 한줄기 시원하게 뿌려주길 바라지만, 매지구름은커녕 솔개구름조차 보이지 않는다. 바람마저 얄밉게 기척이 없다. 우물에서 막 퍼 올린 냉수를 바가지에 담아 벌컥벌컥 마시면 좋으련만, 부지깽이도 바쁜 철이다.

어머니가 머리에 똬리를 얹어 새참을 이고 잰걸음으로 오셨다. 더위를 거침없이 쏟아내는 땡볕을 피해 소나무 그늘에 앉았다. 때마침, 솔솔 불어오는 청아한 솔바람에 땀을 식히니 더위가 쑥 내려간다. 밥보자기를 풀자, 정갈한 솜씨로 버무린 맛이 옹골차다. 뒤란 남새밭에서 뜯어내 정갈하게 씻은 상추에 풋마늘과 풋고추를 된장에 찍어 쌈을 쌌다. 입안 가득한 상추쌈을 올공거리자, 신이 난 혀가 도리깨춤을 춘다. 땀 흘리고 고생한다며 정성들인 바다 냄새 물씬한 갈치조림이 맛깔스럽다. 하지감자를 나박나박 썰어 넣고 바특하게 끓였다. 폴폴 나는 냄새에 코가 벌름 거린다. 화랑게*로 담은 게장은 소금을 넉넉히 넣어 골마지*도 끼지 않 아 짭조름하고 깔끔한 맛이다. 갯골을 발밤발밤 기어다니던 무장공자* 의 기개는 어디 갔을까. 매화꽃* 가득 핀 간장에 푹 삭은 게장은 다른 반 찬이 없어도 입맛 돋우는데 그만이다.

뻐꾸기가 구성지게 노래하고 멧비둘기도 신이 났다. 열무꽃 위를 사부 작사부작 춤추는 노랑나비가 흰나비의 꽁무니를 쫓고, 밭 가장자리 돌 무더기에 핀 찔레꽃도 해사하게 웃는다. 서녘 하늘을 곱게 물들인 노을 빛 그림이 눈길을 잡아챈다. 보리까끄라기에 긁혀 벌겋게 부어오른 팔 에 힘이 빠질 즈음, 보리 베기를 마쳤다. 땀이 후줄근히 밴 아버지의 적 삼에 소금꽃이 가득 피었다. 개밥바라기별이 얼굴을 내밀고 땅거미가 검실검실 밀려오는 시간, 찔레꽃 향기가 아버지를 졸졸 따라왔다. 보리 익는 냄새와 찔레꽃 향기가 저녁 공기를 휘저어 땀 냄새를 몰아냈다. 눈 썹달이 차츰 살을 찌우더니 보름달로 중천에 걸렸다. 무논에 달빛이 미 끄럼타면서 출렁이면, 개구리가 목청을 높이고 제멋대로 음표를 달고 오선지를 넘나들었다.

웃통 벗고 등목하러 우물가에 엎드리면 아버지가 두레박으로 물을 길어 등에 부어주셨다. 시원한 물이 등줄기를 타고 흘러내리며 하루의 수고 와 삐질삐질 배어나던 땀이 말끔히 씻겼다. 대나무 평상에 개다리소반 놓고 가족이 오순도순 정답게 둘러앉았다. 아욱 넣어 끓인 구수한 우렁

이된장국에 숟갈이 분주하고, 고봉밥이 하늬바람에 게 눈 감추듯 사라졌다. 조곤조곤 들려주시는 아버지의 이야기가 구수했다. 별들도 초롱초롱 눈을 빛내며 꾸벅꾸벅 밀려오는 졸음을 참고 들었다. 잠자리에 누워 호롱불 끄면 보름달이 창문 너머로 흘끔흘끔 엿보며 푸짐한 달빛을 하염없이 풀어냈다. 시간이 설핏 기운 밤, 소쩍새 노래를 자장가 삼았다.

어머니와 마주 앉아 그리움을 꺼낸다. 가난했지만 살갑던 가족과 나눈 추억은 들출수록 애틋하고 아련하다. 아버지는 40년 전 땅보탬 하고, 지팡이 짚는 구순의 어머니가 틀니를 끼고 게장을 맛본다. 짭조름한 게장을 숟가락으로 떠서 밥에 얹으며 "아따 맛있네. 요로코롬 곰삭은 기장이 입맛 살리는데 최고랑께."라며 웃으신다. 아스라한 추억을 더듬는데, 눈시울에 자란자란 이슬이 고인다. "어머니 사랑합니다."라고 말씀드렸더니 "행복이 별것이간디, 요런 게 행복이제."라고 하신다. 수채화를 그리듯 가족 사랑을 꺼내 읽는 이 시간이 행복하다.

— 2024년 해남 행복에세이 전국 공모 대상 수상 —

화랑게 : 정약전이 유배지인 흑산도에서 쓴 『자산어보(玆山魚譜)』에 '발을 들었다 접었다 하며 기어 다니는 모습이 춤을 추는 남자와 같다.'는 뜻으로, '칠게'의 이름을 신라의 '화랑'이 집단으로 무술을 연마하는 모습을 떠올리며 '화랑게(花郎蟹)'라고 한다.
골마지 : 간장, 된장, 술, 초, 김치 따위 물기 많은 음식물 겉면에 생기는 곰팡이 같은 물질
무장공자 : 無腸公子, 창자가 없는 동물이라는 뜻으로 '게'를 이르는 말.
매화꽃 : 장독대 항아리에 담은 간장에 활짝 핀 매화처럼 흰 물질이 떠있는 '간장꽃'을 일컫는데, 잘 숙성된 간장에서 볼 수 있다.

여뀌의 노래

홍자색 꽃이 새뜻하다. 작은 꽃들이 깨알을 뭉쳐놓은 보석처럼 촘촘히 박혔다. 쪽빛 하늘과 서늘바람이 부는 생량머리에 잘 어울리는 꽃이다. 기다란 타래가 이삭처럼 다소곳하게 고개 숙인 자태가 곱다. 작은 꽃이 어울려 피는 모습을 보면 새색시의 발그스름한 뺨처럼 예쁘다. 가까이 다가가면 은은한 향기가 산들바람 타고 기분 좋게 코끝을 스친다. 모양새만큼이나 이름도 새초롬한 여뀌가 물가에 무리를 이뤘다.

여뀌는 햇볕 탕탕한 여름을 보내고 꽃피기 전까지 사람들이 눈길조차 주지 않는다. 잡초로 천대받다가 길게 뻗는 줄기 위로 작은 꽃들이 촘촘하게 얼굴을 내밀 때야 관심을 받는다. 빨갛게 핀 수많은 꽃이 조롱조롱 매달린 것이 인상적이다. 개울이나 도랑의 물이 흐르는 가장자리에 터를 잡고 무리 지어 산다. 여뀌는 고마리와 함께 물가에 군락을 이루며 물을 정화하는 고마운 들풀로 아련한 향수를 자아낸다.

초등학교 다닐 때다. 내가 살던 동네는 들판 한가운데에 있었다. 논농사를 짓기에 봇도랑과 개울이 많았다. 논에 찰방찰방 넘치는 물이 물꼬를 넘어 개울로 흘러들었다. 개울에는 물방개와 물맴이가 놀고 개구리가 자맥질했다. 부들 줄기 사이로 개구리밥이 떠다니고, 여뀌와 고마리가 하얗게 뿌리를 내렸다. 붕어와 각시붕어, 피라미와 송사리가 수초 사이로 숨바꼭질하는 모습이 호기심을 자극했다. 대나무 낚시로 물고기를 잡았으나 마음에 차지 않았다.

하루는 곡식을 빻아 곱게 가루를 거르는 '어레미'라는 체를 들고 동생과 물고기를 잡으러 갔다. 폭넓은 냇가에서 대나무로 만든 족대나 투망을 던져 물고기를 잡고 싶었지만, 키가 작았다. 물고기를 잡을만한 마땅한 도구가 없었기에 두리번거리다 벽에 걸어놓은 어레미를 보았다. 어린 생각에 물고기 잡기에 안성맞춤일 것 같았다. 나는 어레미를 개울에 넣고 물이 흐르는 아래쪽에서 기다렸다. 동생이 수초를 건드리면 숨어있던 물고기가 나오는 순간 재빨리 들어 올렸다. 붕어와 미꾸리를 잡느라 시간 가는 줄을 몰랐다. 옷이 젖는지도 모르고 첨벙거렸다. 잡은 물고기를 양동이에 담아 의기양양하게 집을 향했다.

자랑하기 전에 어머니에게 지청구를 들었다. 시장에서 사 온 어레미를 망가뜨렸기 때문이다. 혼날까 봐 겁이 나서 걸음아 나 살려라며 도망쳤다. 개밥바라기별이 뜨고 땅거미가 검실검실 몰려오는데, 집으로 돌아갈 엄두가 나지 않았다. 동네를 어슬렁거리다 하는 수 없이 집 앞에 이르렀다. 집을 기웃거리는데 백구가 먼저 알고 달려 나와 꼬리를 흔들었다. 나를 찾으러 가셨던 아버지와 샐팍에서 마주쳤다. "개도 밥 먹을 때가 되면 집으로 온다."라며 핀잔을 하셨다.

다음 날 아버지께서 물고기를 쉽게 잡는 법을 알려주시겠다며 나를 개울로 데려갔다. 수초 옆에 무성히 자라 버들잎처럼 생긴 여뀌 잎을 뜯어 납작한 돌 위에 올려놓았다. 주먹 크기 돌로 여뀌를 빻듯이 찧더니 개울물에 뿌렸다. 얼마 되지 않아 신기하게도 물고기들이 배를 내밀고 떠올라 물 위에서 파닥거렸다. 양동이에 씨알이 굵은 물고기만 골라 담았다. 여뀌 잎의 매운맛이 물고기의 신경을 마비시키기 때문에 '맵쟁이'라고 불렀다. 도구를 이용하지 않고 풀잎을 뜯어 물고기를 잡는 방법이 마냥 신기했다. 하찮게 보이는 풀이지만, 그 쓰임을 알았다. 어레미가 없어도 물고기를 잡을 수 있다는 놀라운 사실과 실용적인 지식 활용이 나를 놀라게 하였다.

아버지는 여뀌를 집 주변에 심어놓으면 귀신과 도깨비가 집에 들어오지 못한다는 전설을 들려주셨다. 여뀌는 알맹이가 많은데 귀신과 도깨비가 씨앗을 세느라 집에 못 들어오도록 엮기에 여뀌라고 부른다고 했다. 여뀌 잎에 잎맥과는 반대 방향으로 여덟 '팔(八)'자의 뚜렷한 반점이 있다. 일제강점기 때, 이를 보고 8월이 되면 우리나라가 해방된다는 이야기가 떠돌았다고 들려주셨다. 우리 민족이 어려움을 겪을 때, 가냘픈 여뀌 잎을 보며 희망을 잃지 않았다는 이야기에 마음이 뭉클했다. 하찮아 보이는 식물과 꽃에 민족의 애환이 서린 이야기가 있다는 사실이 놀라웠다.

가을의 문턱에서 만나는 꽃은 유난히 반갑다. 아버지는 가을의 전령사 여뀌꽃에 관심을 두셨다. 평소에는 그냥 지나치거나 무심코 들길을 걸을 때가 많았다. 소박한 아름다움을 지닌 꽃이 옹기종기 모여 피어있는 모습을 보면 눈에 담으셨다. 아버지는 겸손하고 성실한 삶을 사셨다. 평생을 가난한 농부로 아무도 눈여겨봐 주지 않았지만, 자식들을 위해 정직하게 땅을 일구셨다. 가냘픈 몸이지만, 모든 것을 자식에게 내주셨던 아버지. 슬하에 칠 남매를 두셨기에 여뀌꽃처럼 한줄기에 오밀조밀 매달린 자식의 웃음을 위안 삼았다.

여뀌는 화려하게 꾸미지 않고 유혹하지 않는다. 억세지 않은 줄기에 씨를 품었다가 여물 때까지 붙잡은 꽃이 수굿하게 웃는다. 다른 꽃처럼 아름다움을 노래하는 시나 얘깃거리도 그리 많지 않다. 누가 봐주지 않아도 묵묵히 산다. 과시하거나 드러내지도 않고 수줍은 꽃을 다닥다닥 피워낸다. 꽃은 스치기만 해도 향긋한 냄새로 마음을 건드린다. 진하고 매혹적인 향이 아니지만 은근한 기품을 지녔다. 동백기름을 발라 정갈하게 머리를 빗어 올린 어머니가 바르는 분내처럼 은은하다. 여뀌는 있는 듯 없는 듯 피고 지는 친근하고 겸손한 꽃이다. 아버지가 여뀌꽃을 좋아했던 이유를 이제야 알아간다.

여뀌를 일컫는 '요(蓼)'는 꽃대 하나에 종자 여럿이 줄줄이 매달려 얽혀 있는 형국을 빗대는 말이다. 새 중에서 가장 멀리 난다는 도요(途蓼)새는 갯벌과 여뀌가 자라는 습지에서 무리가 얽히듯 모여 사이좋게 사는 새라는 뜻에 이름을 붙였다. 여럿이 어울려서 하나를 이루는 것은 아름답다. 여뀌는 들풀이지만, 두루두루 모여 함께 하는 의미를 담았다. 우리가 사는 세상도 함께 어울려 살라는 의미를 알려주는 것 같다.

여뀌는 풀벌레 소리가 또랑또랑 들려오는 초가을에 삽상함을 가장 먼저 느끼게 하는 들꽃이다. 언제 봐도 질리지 않는 가을 풍경에 여뀌가 걸려 있다. 여뀌를 볼 때면 새삼스럽게 마음이 뭉클해진다. 아버지 산소 가는 길에 피어나 다소곳이 반겨주는 애잔한 여뀌꽃. 내 유년의 추억을 손짓하는 여뀌에서 아버지의 그리움을 읽는다. 이 가을 여뀌꽃 여무는 소리가 들린다.

공존의 그늘

푸르스름한 안개가 드리운 새벽. 새들이 활기찬 지저귐으로 아침을 깨운다. 나무마다 갈맷빛이 넘치고 숨탄것들의 숨소리가 거칠다. 신선한 공기를 마신 새들의 맑은 노래가 숲정이를 넘나든다. 멧비둘기가 '구구, 구구구'라며 구구단 외는 소리가 귓등으로 날아든다. 하루도 빼놓지 않고 새벽 공기를 가르며 리듬을 탄다. 울림통이 커서 굵고 우렁차다. 수놈 멧비둘기가 짝을 부르는 노래에는 애절함이 배어있다. 가족 향한 사무친 그리움이 담긴 애끓는 하소연으로도 들린다. 비둘기는 평화를 사랑하는 상징의 새였지만, 천덕꾸러기다.

비둘기는 멀리 날아갔다가 정확히 찾아오는 놀라운 능력을 갖췄다. 외국에서도 중요한 행사에 비둘기를 날려 희망의 메시지를 전했다. 1988년 서울올림픽 개회식에 비둘기 3,000마리가 세계 평화를 기원하면서 하늘을 날아올랐다. 우리나라에서도 국군의 날이나 중요 행사장에서 퍼포먼스를 펼쳤다. 그 시절에는 비둘기 집을 지어 보호하였고, 공원 광장에서 먹이 주는 광경을 흔히 볼 수 있었다. 예전에 지체 높은 집이나 부자들이 비둘기를 길렀다. 비둘기 집에 여러 가지 고운 색깔을 칠하고 아름답게 꾸미며 정성껏 돌보았다. 집에서 기르는 비둘기는 부자의 상징처럼 여겼다.

비둘기의 모습은 우아함을 지녔다. 가지에 걸터앉아 쉬고 있는 자태도 매초롬하고 근사하다. 둥그스름한 머리 모양, 새까만 눈동자를 둘러싼 노란 테두리, 미끈하고 아름답게 흐르는 목선, 탐스러운 어깨의 곡선, 화려하지 않지만 날기에 적당한 꼬리, 잘 발달한 날개 근육, 날카로운 발톱, 어느 것 하나 빠질 것 없다. 짝짓기 때는 수컷이 혹시라도 짝을 놓칠세라 안절부절못하고 그렁그렁 구르는 소리로 속닥댄다. 목의 깃털도 한껏 부풀린다. 연신 고개를 위아래로 주억거리면서 온몸으로 채근하고 부추겨 암놈을 꾄다.

새들도 본능에 충실하며 자기 삶을 살아간다. 멧비둘기와 집비둘기는 사는 영역이 서로 다르다. 멧비둘기는 먹이에 집착하지 않고 인간의 과도한 보호나 간섭도 거부한다. 멧비둘기는 따스한 시선을 보내도 아랑곳하지 않고 날아가 버린다. 하지만 집비둘기는 안타깝게도 변화에 적응하며 살아남기 위해 '비겁한 퇴보'를 선택하였다. '닭둘기, 돼둘기, 쥐둘기'라는 오명까지 쓰고 살아간다. 가까이 가도 쉽게 날아가지 않는 이유는 사람에 대한 두려움을 극복했기 때문이다. 이런 특징이 넉넉지 않은 먹이를 최대 활용하여 도시에서 번성하는 바탕이 되었다.

서대문 역사공원 광장에 비둘기가 터를 잡았다. 공원에서 모이를 찾아

여기저기를 기웃거리는 모습이 안타깝다. 그 모습에는 애틋한 그리움이 담겼다. 삼삼오오 무리 지어 잰걸음으로 먹이 찾기에 분주하다. 고개를 조심스럽게 돌려 갸웃갸웃하며 아장거린다. 머리를 앞뒤로 까닥거리고 사방을 두리번거리며 자박자박 걷는다. 노인이 익숙한 듯 좁쌀을 던져 주자, 비둘기들이 후다닥 날듯이 날갯짓한다. 대장인 듯 보이는 녀석이 무리에게 모이 근처에 오지 못 하도록 쇳소리를 내며 겁을 준다.

비둘기를 보는 시선이 곱지 않다. 역사공원 독립문 주변에 비둘기 100여 마리가 무리 지어 산다. 광화문 광장과 경복궁 등 고궁은 물론, 도심의 공원에 사는 비둘기도 환영받지 못하기는 마찬가지로 밉상이다. 개체수가 점점 늘어나고 배설물에서 악취가 진동하여 눈살마저 찌푸리게 한다. 시설물을 부식되게 한다고 핀잔받는다. 온갖 질병을 감염시키고 깃털이 날려 창문조차 못 열어 놓을 정도다.

우리의 편견이 혐오의 감정을 부추긴다. 자유와 평화의 상징으로 사랑받다가 천덕꾸러기가 된 비둘기. 우리보다 비둘기의 문제가 더 심각하다는 독일의 사례는 생각해 볼 만하다. 비둘기를 쫓아내기보다 집을 지어주고 깨끗한 먹이를 주며 안락한 보금자리에서 알을 낳게 한다. 그 알을 몰래 수거하고 대신 플라스틱으로 만든 알을 갖다 놓아주는 방법으로 자연스럽게 개체 수를 줄인다고 한다. 공원의 곳곳에 보이는 "먹이를 주지 마세요."라는 막연한 문구보다도, 실질적이고 사려 깊은 대안이 돋보인다. 사람과 동물 구분 없이 모두가 공존하는 도시가 진정으로 건강한 도시다.

세계 여러 나라에서 평화와 사랑의 상징으로 귀염받던 비둘기. 이제는 공원에서 내쫓기며 이해할 수 없다는 듯 눈을 동그랗게 뜨고 고개를 갸우뚱거린다. 천덕꾸러기가 된 녀석들의 눈에 왠지 모를 슬픔이 스며 있다.

천대받는 비둘기의 처지를 보며 잃어버린 나라를 되찾으려고 파란만장하게 사셨던 독립운동가의 흔적을 읽는다. 조국을 위해 해외에서 방황하고 삶의 터전을 옮겨야 했던 분들의 자취를 살필 때마다 숙연해진다. 후손들조차 구차하게 산다는 소식은 더욱 안타깝다.

비둘기는 여전히 평화의 상징이지만, 빈집의 외로운 창문가에도 앉은 애달픈 영혼의 소유자다. 오늘따라 멧비둘기 노래가 귓전에 무겁게 날아든다.

'구구(救救) 구구구(鳩鳩鳩)'

'구구(救救) 국국국(國國國)'

쥣골 가는 길

온 누리가 초록 세상이다. 푸름이 넘치는 축복의 계절에 숨탄것들의 호흡이 거칠다. 이름도 예쁜 베르네천은 온갖 생명의 보금자리로 까치울 가는 길목이다. 베르네천을 따라 까치울에 가면 야트막한 산자락을 안개가 휘감고 놀았다. 아내는 고즈넉한 풍경이 그림처럼 드리운 까치울에 살았다. 무릉도원수목원 도로 건너편 작동(鵲洞)의 '쥣골'이다. 부드러운 산등선처럼 순박한 사람들이 옹기종기 모여 사는 평화롭고 아늑한 작은 마을이 정겹다. 들길을 지나 조붓한 자드락길을 걸으면 '쥣골'이 빼꼼히 모습을 드러냈다.

'까치울'과 '쥣골'은 토속적이고 살가운 이름이다. 우리 조상은 산과 강과 들판과 마을 이름을 지을 때 생김새를 보면서 자연과 어깨동무하듯 정겨운 이름을 짓고 붙였다. 산의 높낮이와 들판이 넓고 평편한지와 비탈진 언덕이 있는지를 보았다. 냇가의 폭이 넓고 좁은지와 구불구불 흘러가는 모양을 살폈다. 지형이 동물의 모습과 비슷한 경우 그 이름을 따서 붙였다. 산골은 집이 드문드문 떨어져 있었는데, '까치울'이란 예쁜 이름은

'한 울타리 안에 있는 마을'이라고 해서 '고리울'로 불렀다. 어음 변화를 겪으면서 고리울에서 '같은울 → 같이울 → 까치울'로 변천된 것으로 추정한다. 지명만으로도 어떤 마을인지를 어림짐작 헤아릴 수 있다.

까치울은 같이 모여 산다는 의미를 가진다. 까치울 마을에 까치는 터줏대감인 양, 낯선 사람이 오는 것을 보고 경계하며 소리 높여 짖어댔다. 까치 소리가 요란하면 아내가 대문을 열어 반갑게 맞아주었다. 뒤란의 감나무 그늘이 드리워진 우물에서 두레박으로 퍼낸 물맛은 감로수처럼 맛있었다. 시원한 물을 벌컥벌컥 들이마시면 이마에 송골송골 맺힌 땀도 슬며시 꽁무니를 감췄다. 툇마루에 걸터앉아 부드러운 산등선이 그림처럼 펼쳐진 수채화를 감상했다. 지양산의 산벚꽃도 뒤질세라 해사하게 웃으며 까치발로 집안을 기웃거렸다.

결혼하여 성곡사거리 근처에 40년 넘게 살고 있다. 아내와 아이들을 데리고 구불구불한 길을 따라 쉿골을 자주 찾았다. 베르네천을 지나 까치울 산자락을 걷다 보면 꿩이 놀라 푸드덕 날고 딱따구리가 나무를 쪼느라 분주했다. 길가에 들꽃이 지천으로 피어나고 땅거미가 검실검실 밀려오면 달맞이꽃이 반겨주었다. 까치울은 다양한 생명이 살았던 건강한 생태계의 보고였다. 쉿골을 흐르는 실개천에 도롱뇽이 알을 낳고, 가재와 미꾸리와 각시붕어가 살았다. 달빛이 무논에 미끄러지고 별빛이 쏟아지면 다랑논에서 개구리가 밤새도록 노래를 불렀다. 밤골에 밤나무꽃이 피면, 밭고랑 건너 지양산에 소쩍새가 낮은 음조로 밤새 노래를 불렀다. 까치울과 쥣골은 새가 노래하고 아름다운 꽃들이 피고 지는 낙원이었다. 사람들도 자연을 벗 삼아 소박한 꿈을 가꾸는 평화로운 고장이었다.

숲이 만들어내는 매혹적인 향기도 청아한 공기를 만나 춤을 추는 듯 창공을 휘저었다. 연둣빛 이파리가 햇살을 받아 가만한 바람에 반응하고, 하늘을 덮을 듯 무성한 상수리나무 사이로 비치는 햇살은 유난히 눈에 부셨다. 사슴벌레와 풍뎅이가 상수리나무의 진액을 정신없이 빨아 먹으면 벌도 윙윙 날아들고 나비도 숨바꼭질하느라 여념이 없었다. 멧비둘기가 뒤질세라 '구구 구구구'라며 힘껏 목청을 돋우면, 뻐꾸기도 '뻐꾹, 뻐꾹, 뻐뻐꾹 뻐꾹' 하며 장단 맞춰 구성지게 노래했다.

순우리말로 지은 마을 이름이나 지명은 들을수록 반갑다. 지명에서 조상들의 슬기를 엿볼 수 있다. 어머니의 품처럼 살갑고 구수한 이야기처럼 정겹다. 기록에 의하면, 베르네천은 멀뫼의 칠일약수터에서 발원하여 큰망골과 작은망골을 거쳐 흐른다. 동쪽 까치울의 쥣골과 지양산 삼막골의 실개천에서 내린 물과 서쪽의 여월동 방골에서 흘러내린 물이 성곡동 초입으로 흐르다가 작미골을 거쳐 바람모퉁이에서 베르네천 본류와 만난다. 여월의 가마골·효경골·안골·봉골에서 흘러들어온 물과 재차 합쳐 흘러내린다. 지대가 낮은 곳으로 흐르다가 한곳으로 모인 물길이다. 베르네천은 까치울의 능미 아래를 지나 멧마루의 가리꿀을 거치고 거칠개를 지나서 오정들로 빠져나간 뒤 굴포천을 지나 아라뱃길로 흘러든다. 지형에 따라 의미를 담은 정겨운 우리말 이름을 거침없이 붙인 조상들의 지혜가 놀랍고 마음마저 들뜬다.

베르네천 산책길을 자주 걷는다. 찾는 사람마다 '베르네'라는 지명이 너무 아름답다고 찬사를 늘어놓는다. 입으로 전해오는 '임진왜란 때 격전이 벌어진 곳으로 비린내를 풍기는 비린내천'이 아니라고 한다. '낭떠러지를 휘감고 돌아가는 벼랑내'라는 뜻의 순우리말 어원이 변천되어 '베르네'라는 아름답고 이국적인 이름을 지녔다. 베르네천은 삭막한 도회지 사람에게 사계절 아름다움을 선물한다.

계절마다 색다른 모습을 보여주는 베르네천은 시민의 쉼터로 자리매김했다. 새싹이 돋아나고 능수버들 가지에 봄기운이 완연하면 개나리와 벚꽃이 하르르 핀다. 빈 몸으로 앙상하게 겨울을 나던 낙우송에 새순이 몽글몽글 돋아났다. 이파리가 무성해지자 이제 막 세상 빛을 본 물까치 새끼들이 나뭇가지를 건너며 나는 연습을 한다. 텃새로 눌러앉은 흰빰검둥오리가 귀여운 새끼를 거느리고 마실 나온다. 호기심이 넘치는 새끼들이 물 위를 미끄러지듯 수영하며 이따금 자맥질하여 어미를 놀라게한다. 수련이 탐스러운 꽃봉오리를 내밀면 산란기를 맞은 물고기들이 천을 오르내린다. 물오리가 푸드덕 날고 한뎃잠 자는 백로와 왜가리가 긴 다리를 겅중거리며 연신 물속의 사냥감을 살핀다. 얼마 전에는 너구리도 먹이를 찾으러 모습을 드러냈다. 노랑꽃창포와 붉은 장미와 무성한 담쟁이덩굴이 산책길을 즐겁게 한다.

갈맷빛 여름을 보낸 나무들이 고운 단풍으로 옷을 갈아입으면 베르네천도 가을을 맞는다. 천변에 무서리가 내리면 물빛도 가을을 닮는다. 눈꽃 피어난 까치울의 겨울은 서정적인 풍경이 수묵화처럼 허허롭게 안긴다. 우리의 욕망만큼이나 무수하게 뻗은 나무의 잔가지가 헝클어진 실핏줄처럼 몽환적이다. 그 위에 소록소록 내려앉은 눈이 가지마다 소담스럽게 눈꽃으로 피어난다.

문화와 예술의 도시 부천을 굽어 감싸는 원미산과 성주산의 아늑한 정취와 풍경이 눈길을 끈다. 안타깝게도 토속적이고 아름다운 마을 이름과 지명도 도시화로 뒤로 밀려나면서 왠지 모를 아쉬움이 고개를 든다. 원미산의 옛 이름인 '멀뫼'도 예쁘다. 진달래가 지천이었는데 아카시아 꽃 향기가 코끝을 간질이며 발걸음을 붙잡는다. 예부터 원미산을 해돋이에 바라보면 산세가 그지없이 산뜻하고 아름다워 생생하게 보이고, 저녁노을에 반사된 푸름이 단정하고 아름답기 그지없다고 찬사를 아끼지 않았다. '멀뫼'는 큰 산을 뜻하지만, 벼랑이 많다는 이름에서 따왔다. 멀리서 보면 산의 자태가 너무 아름다워 원미산으로 불렀다.

아름다운 고장 부천도 세월의 흐름 속에 큰 도시로 발전했다. 사통팔달 잘 뚫린 도로와 수도권 전철이 도시를 가로지르고 생활하기 좋은 편의시설이 많이 생겨났다. 과학 문명의 발달로 현대인에게 어울리는 시설들이 들어서면서 새로운 지명이 비 온 뒤 죽순 자라듯 넘쳐난다. 현대적이고 감각적인 이름도 좋지만, 토속적인 아름다운 이름이 사라지는 건 너무 안타깝다.

부천에는 아름다운 마을 이름이 제법 많이 남아 자랑스럽다. 조를 많이 심은 언덕이라는 뜻의 '조마루'다. 역곡 안동네라는 이름은 본래 지명이 '벌응절리'다. '벌언저리'의 한자 표기로 '벌판의 가장자리'를 뜻하는 사랑스러운 우리말이다. 복사골 예전의 지명인 소사(素砂)도 '큰마을'이라는 뜻이다. 고리울, 은데미, 솔안말, 도당, 장말 등 아늑하고 그리운 지명이 살갑고 반갑다. 복사골의 정겨운 이름을 찾아 갈무리하는 글을 남기고 싶다. 오늘도 베르네천 산책길 따라 까치울과 쥣골을 찾아간다.

– 제43회 복사골 백일장 전국 공모 대상(경기도지사상) –

순천은 맛있었다

갯내가 풀풀 댄다. 거무칙칙한 펄이 살아 숨을 쉰다. 갯벌은 온갖 바다 생물이 살아가는 삶의 터전이며 보물창고다. 와온 마을의 용산전망대에서 바라본 S자 갯골 수로가 마음을 잡아챈다. 한눈에 바라볼 수 없을 만큼 넓고 아득하게 멀어서 소실점 끝조차 가물거린다. 초가을 선들선들 부는 건들마에 군락을 이룬 칠면초도 시나브로 물들어가고, 갈대가 자늑자늑 춤사위를 풀어놓을 것이다. 지난여름 순천을 찾았던 기억이 아스라한 꿈길처럼 포근하고 아늑하게 떠오른다.

'대한민국 국가 정원 1호'의 도시이며, '습지 일 번지'인 순천을 찾은 것은 녀석을 보기 위해서였다. 솔직히 말해 짱뚱어를 맛보기 위해서다. 아련한 기억 저편에 고향의 갯벌이 생각났다. 고향집은 바다와 가까웠다. 어머니를 따라 시오리쯤 걸어가면 민물이 바다로 흘러드는 개어귀를 지나면서 개펄이 넓게 펼쳐져 있었다. 개펄을 헤집어 칠게와 맛조개를 잡았다. 일 년 내내 밥상에 오르는 갯것이었지만 입에 물리지 않았다. 어린 시절 고향의 맛을 느끼게 했던 갯벌이 국토개발을 이유로 사라졌다. 하지만, 추억 속에는 여전히 짭조름한 감칠맛으로 또렷하게 남아있다. 영산강의 푼푼했던 갯벌 맛은 아니겠지만, 넉넉하고 푸짐한 남녘의 맛을 느끼고 싶었다.

개펄은 희망을 건지는 텃밭이었다. 눈 감으면 질척이는 개펄에서 바득바득 희망을 캐던 어머니의 가쁜 숨소리가 들려온다. 썰물이 밀려가면 갯벌에 짱뚱어가 뛰고 망둥이도 뒤질 새라 덩달아 뛰고, 개소겡이 날카로운 이를 드러내고 으르렁거렸다. 망둥이를 잡아 오면, 막걸리에 씻어 무침을 하거나, 들깻잎에 풋고추와 마늘을 된장과 함께 싸서 회로 먹던 맛은 잊히지 않는다. 운 좋은 날은 공상과학 영화에 나오는 에일리언을 닮은 개소겡을 잡아, 바지랑대에 걸친 빨랫줄에 매달았다. 탕탕한 햇볕에 꾸덕꾸덕 말렸다가 눈이 푹 쌓인 겨울에 먹는 맛은 일품이었다. 방망이로 잘근잘근 두들겨 부드러워지면 잘게 찢어 요리했다. 밥 지을 때 찢어놓은 개소겡을 그릇에 담아 가마솥에 함께 넣어 찜으로 졌다가 미리 준비해 둔 양념간장으로 무쳤다. 꼬챙이에 끼어 숯불에 구우면 고소하면서도 오롯한 맛이 으뜸이었다. 대갱이라고도 불렀던 개소겡의 맛은 오랜 세월이 지나도 잊히지 않는 고향의 맛으로 두고두고 침이 고인다. 침샘을 자극하는 옹골찬 맛을 떠올리면 어김없이 추억 속 아련한 입맛이 또랑또랑 되살아난다.

저전동에 사는, 퇴직한 직장 동기가 빨리 내려오라고 채근하는 바람에 주섬주섬 가방을 꾸렸다. 순천에 관한 책을 찾다가 오래전에 사두고 탐

독했던 곽재구 시인의 산문집 《포구 기행》을 꺼내 가방에 넣었다. 순천만을 직접 답사하면서 느꼈던 영감을 글에 사실적으로 담았기에 여행하는 데 도움이 되리라는 생각에서다. 책을 펼친 덕분에 차를 타고 가는 시간이 지루하지 않았다. 읽으면 읽을수록 담백하면서도 절제된 문장이 순천을 직접 보고 있는 것처럼 아름다웠다. 마음은 이미 순천을 거닐고 있다.

친구가 천마산 아래의 별량면 마산리 '순천만 거차 어촌 체험 마을'로 안내했다. 마을 이름이 독특하고 재미있었다. '별량면 행정복지센터'에서 세운 안내판에 소개된 '거차마을 이야기'가 눈길을 붙잡았다. '거차마을'은 주변의 바위가 거칠게 생긴 포구마을이라 '거츨개'라고 불렀다가 '거찰개'로 변화된 것으로 추정한다고 했다. 거차(車次)는 한자로 해석하면 '수레가 머뭇거리는 곳'이라는 뜻이다. 보성으로 물건을 나르던 수레가 바다를 만나 더 이상 나아가지 못하고 마을이 형성된 것에서 유래된 것이 아니냐고 소개했다.

화창한 날씨였다. '뻘배'라고 부르는 체험용 '널배'와 장화 대신 스타킹과 두꺼운 양말을 빌렸다. 상처 입지 않게 스타킹 위에 양말을 신었다. 어업자산인 '뻘배'는 원래 가벼운 편백으로 만든다고 했다. 갯벌에 들어서자 "뽁뽁, 꼬르륵 꼬르르…"거리는 소리가 살아 숨 쉬는 갯벌임을 알리고 있었다. 물이 빠져나간 갯벌 위에 송송 뚫린 크고 작은 구멍이 헤아릴 수 없을 만큼 많았다. 갯것들이 들락날락하며 생명이 숨 쉬며 살아가고 있음을 알려주었다. 다양한 생명의 움직임에 눈이 호강하여 뗄 수 없었다. 찰진 개펄은 수많은 생명을 품었다가 아낌없이 내어주었다. 오십 년만에 개펄의 부드러운 감촉을 피부로 느꼈다. 잊힌 고향이 떠올랐다. 어릴 적 기억 속에 남아 있던 비릿한 바닷냄새가 코를 벌름거리게 하였다. 개펄에서 한바탕 뒹굴고 나서야 직성이 풀렸다.

큰 발을 치켜든 '농게'가 갯벌의 수문장인 양, 부풀 멋을 자랑하듯 기세등등하게 이방인을 감시하였다. 개펄의 부드러운 촉감을 느끼며 좀 더 들어가자 '칠게'가 일광욕을 즐기고 있었다. 비슷한 동작을 하는 수많은 칠게가 사열을 받는 병사처럼 개펄을 뒤덮었다. 정약전은 '자산어보'에서 신라시대 화랑의 모습을 본 듯하다며 '화랑게'라고 불렀다는데, 그 이유를 알만했다. 갈매기가 낮게 날자, 군무의 장관을 보여주던 칠게가 재빠르게 자신의 은신처로 몸을 피했다. 공습경보를 듣고 쏜살같이 방공호로 대피하는 것처럼 민첩하면서도 긴밀하게 움직였다.

갯벌 위의 움직임을 살피다가 갑자기 웃음보가 터졌다. 못생겨도 유분수지, 볼수록 웃음이 나왔다. 어쩌면 저렇게 제멋대로 생겼을까. 생긴 모습이 주라기 시대에 살았던 공룡의 후손처럼 보였다. 봉준호 감독이 제작한 영화에 나오는 괴물을 닮았다. 도롱뇽 닮은 물고기가 신비스러웠다. 짱뚱어는 회청색 몸에 파란색 반점이 있고 퉁방울처럼 뛰어오른 눈이 가운데로 몰려 있었다. 가슴과 꼬리지느러미의 탄력을 이용해 풀쩍풀쩍 뛰는 모습이 바다에 사는 메뚜기로 보였다. 서양 사람들이 진흙

에 사는 메뚜기(mud hopper)라고 부를 만했다. 게다가 도마뱀처럼 기어다
녔다.

녀석은 갯벌의 터줏대감이었다. 갯벌을 살금살금 기어가다 잽싸게 솟구
쳐 뛰어오르는 모습이 피겨스케이팅 김연아 선수의 '트리플 악셀' 기술처
럼 멋진 자세였다. 수컷이 꼬리 힘으로 상당한 높이로 뛰어오르는데, 짝
짓기 위해 암컷을 유혹하는 것이라고 한다. 영역 다툼을 하는 모습도 볼
만했다. 격투기 선수처럼 두 마리가 서로 머리를 치켜들고 입을 크게 벌
리며 상대방을 제압하려는 자세가 그럴싸했다. 한바탕 싸움을 벌일 듯 일
촉즉발의 상황처럼 보였다. 등지느러미를 곤추세우고 용감하게 성내는
꼴이 영락없이 삼국지에 나오는 장비의 기개를 닮았다. 칠게와도 한번 해
보자며 서로를 보고 으르렁거렸다. 기세등등하게 등지느러미를 세운 녀
석과 발을 들어 위협하는 칠게가 신경을 곤두세우고 기싸움을 하였다. 승
리를 거머쥔 짱뚱어가 거드름을 피우듯 칠게가 파 놓은 구멍을 차지했다.
망둥이는 잡아보았지만, 짱뚱어를 잡아본 적이 없었다. 개펄을 폴짝폴
짝 뛰어다니거나 개펄 위를 기어다니는 모습을 보면 쉽게 잡을 수 있을
것만 같았다. 호기롭게 잡아보려 했는데 미리 파 놓은 굴속으로 쏙 들어
가 버렸다. '날 잡아봐라.'라고 약을 올리는 것 같았다. 짱뚱어나 게는 사
람이 나타나면 잽싸게 구멍으로 몸을 숨겼다. 녀석의 유혹을 따라가다
가 질척이는 펄에 발이 점점 깊게 빠졌다. 발버둥 치면 칠수록 개펄은 다
리를 꼭 끌어안고 놓아주지 않았다. 결국 온몸이 개펄로 뒤범벅되었다.

머리부터 발끝까지 천연 머드팩을 바른 것처럼 뒤집어썼다. 몸을 숨긴 짱뚱어가 보았다면 '짱뚱어가 따로 없네.'라고 놀릴 것 같았다.

어깨를 개펄의 구멍에 집어넣어 잡으려 하였지만 잡을 수 없었다. 신출귀몰한 숨바꼭질에 지칠 대로 지쳤다. 짱뚱어는 두세 개가 연결된 구멍을 갯벌에 만들어 놓는다고 했다. 손으로 짱뚱어를 잡으려면 발과 손으로 보이는 구멍을 막고 다른 손으로 남은 구멍에 집어넣어야 잡을 수 있다고 하였다. 그것도 갯벌에서 갯것을 잡아본 사람이나 할 수 있는 일이었다. 이리저리 살펴봐도 그 구멍이 그 구멍 같아 보였다. 아무리 미물이라고 하더라도 목숨이 달린 문제인데, 생명을 쉽게 내어줄 리가 있겠는가. 우리는 체면조차 잊어버리고 어느새 동심의 세계로 푹 빠져들었다.

홀치기로 짱뚱어를 잡으러 가던 아저씨가 우리의 몰골을 보고 너털웃음을 웃었다. 다 큰 어른들이 영락없는 철부지 어린아이처럼 개펄에서 뒹굴다가 엉망이 된 모습이 볼만했던 모양이다. 개구쟁이로 보였을까. "한 마리만 잡으면, 오늘 내가 잡은 짱둥이를 죄다 줘 불라니까 한번 잡아보씨요."라며 핀잔을 주듯 놀렸다. 맨손으로는 절대 잡지 못한다는 뜻이었다. 약이 올라도 어쩔 수 없는 일 아닌가. 친구와 지칠 대로 지쳐 개펄 위에 털썩 퍼질러 앉았다.

먼발치에서 짱뚱어를 잡는 법을 유심히 보았다. 널배에 걸터앉아 천천히 밀면서 낚싯대를 높이 세우고 갯벌의 구멍을 살폈다. 한 발은 널배 위에 놓고 다른 발로 밀고 가다 멈추더니 낚싯대에 맨 줄을 족히 이삼십 미터 정도 떨어진 곳에 던졌다. 줄 끝에 매단 낚싯바늘, 네 개가 각각 다른 방향으로 나 있고 미끼도 없는 빈 낚시였다. 갈고리낚시를 앞에 던져놓고 줄을 슬그머니 당기다가 한순간에 재빨리 낚아채는 방법이었다. 낚싯바늘 여러 개가 묶여 있어 짱뚱어가 걸리도록 만들었지만, 챔질하는 절묘한 타이밍이 중요했다. 찰나의 순발력으로 짱뚱어를 낚아챘다.

넋 놓고 한참을 감상했다. 고난도의 기술이 요구되는 낚시였다. 가히 예술의 경지라고 해도 손색이 없을 지경이었다. 멀리 보이는 짱뚱어를 보고 정확하게 던져야 하기에 거리를 가늠하는 눈썰미와 재빠른 손놀림은 필수였다. 노련하고 숙련된 솜씨. 긴 낚싯줄이 엉키지 않도록 공중에 하트 모양으로 낚싯줄을 휘젓는 솜씨에 저절로 감탄사가 나왔다. 짱뚱어는 무척 예민하다고 한다. 낚싯대가 길고 낚싯줄이 긴 것도 무척 조심스럽기 때문이다. 갈매기가 날면 잽싸게 구멍으로 들어가 나오지 않는다. 특히, 날씨에 민감하여 너무 더우면 구멍으로 들어가 버린다. 구름이 끼거나 바람이 불어도 구멍에서 나오지 않는 물고기로 알려져 있다.

나와 친구는 결국 한 마리도 잡지 못했다. 빈손으로 개펄만 흠씬 뒤집어쓴 모습을 보고 짱뚱어잡이를 끝낸 아저씨가 한바탕 웃었다. 어디서 왔는지를 물었다. 친구가 자기는 순천에 산다면서 "이 친구는 퇴직하기 전, 직장 동료로 영암이 고향인데, 영산강 하구의 바다를 막아 갯벌이 없어졌지만, 어렸을 때 어머니가 개펄에서 잡아 온 갯것의 맛을 그리워한다."라면서 "부천에서 짱뚱이가 보고 싶어 내려왔다."라고 소개했다.

순천의 아름다운 풍광을 구경하고, 남도의 맛있는 음식을 맛보고 싶어 하기에 초대했다고 덧붙였다. 이런저런 이야기를 나누다 보니 친구의 초등학교 선배였다. 저녁 식사에 초대하겠다면서 씻으라고 했다.

고향의 맛이 한 상 차려졌다. 바다의 풍요와 개펄이 마련한 진수성찬이었다. 뙤약볕이 내리쬐는 갯벌에서 일사병과 열사병을 감내하고 잡아 올린 수고였다. 짱뚱어탕과 전골의 맛은 그야말로 기가 막혔다. 물큰한 갯내가 훅 끼쳐와 침샘을 자극했다. 귀한 회까지 대접받았다. 혀끝에서 바다가 출렁이고 파도 소리가 들리더니 갈매기가 날아올랐다. 지치도록 발버둥을 쳤지만, 한 마리도 잡지 못했던 짱뚱어의 요리를 직접 맛본다는 게 신기했다. 어릴 때 인이 박인 맛이라서 그런지, 그때의 입맛이 되살아났다. 짱뚱어의 담백한 맛이 입안에서 현란하게 춤을 추었다. 게다가 구수하고 찰진 사투리가 입맛을 더했다. 청정 갯벌에서만 산다는 짱뚱어는 맛과 영양이 뛰어나 복달임 음식으로 많이 찾는데, 수요를 맞추지 못할 정도로 인기가 많다고 했다.

감사한 마음을 담아 인사를 드리고 자리에서 일어서는데, 안주인이 "찔룩게로 담은 게장이니까 고향이 생각날 때마다 맛보시오."라며 칠게로 게장을 담아놓은 통을 손에 들려주셨다. 순천만에서 칠게를 '찔룩게'로 불렀다. "소금을 많이 넣어 상하거나 변하지도 않고, 골마지도 끼지 않응께, 오래 두고 먹을 수 있어라우."라고 하였다. 넉넉한 인심에 고개가 절로 숙어졌다. 다음에 오면 꼭 들르라는 말이 귓가를 졸졸 따라왔다.

잊고 있었던 정겨운 말투와 푸짐한 인심이 가득 부푼 보름달처럼 포근하고 넉넉했다.

바다는 무궁무진한 생명을 길러내고 자원을 품고 있는 바다는 함부로 다루지 않는 한 인간을 배신하지 않았다. 우리에게 미래의 꿈과 먹거리를 키워주는 파라다이스였다. 고향이 생각나거나 입맛이 없을 때 간장 게장을 밥상에 올린다. 소금기 품은 해풍이 불고 청정한 갈대가 서걱거리는 노래와 밀려드는 파도 소리가 어우러진 개펄이 길러낸 찰지고 짭조름한 맛을 잊지 못한다. 그럴 때면 갯바람이 키워낸 맛의 속삭임이 입안을 한바탕 휘저어 놓는다. 아름답고 인심 넉넉한 순천은 맛의 고향이었다.

친구가 연말에 순천만의 갈대밭과 두루미를 보러 오라고 했다. 석양에 황금빛 갈대밭을 보러 가자고 했다. 갈꽃이 바람에 풀라고 갈대밭 사이로 나 있는 수로가 은빛으로 반짝이는 겨울에 재두루미가 잠을 자기 위해 떼를 지어 날아드는 모습이 장관이라고 했다. 하늘에 철새가 날고 수로에서 물살을 가르며 지나가는 배의 모습은 지상 최고의 낙원이라는 것을 느끼게 할 것이라고 했다. 겨울철에는 짱뚱어가 잠을 자기 때문에 귀여운 모습을 볼 수 없지만, 꼬막무침은 천하일미라고 꼬드겼다. 전화를 끊고 난 뒤, 아름다운 갈대밭을 떠올리며 사색에 잠겼다. 그리고 문자메시지를 보냈다.

'순천은 맛있었다.'

– 제1회 순천스토리텔링 전국 공모 우수상 –

김애란

제16회 복숭아문학상 전국 공모 최우수상(2024. 9. 21.)

박은실

제21회 부천신인문학상 수필 부문 수상 및 등단(2024. 11. 15.)

손도순

제39회 복사골예술제 백일장 당선(한국문인협회 부천지부, 2024. 5. 5.)

〈한국산문〉 수필 부문 신인상 수상 및 등단(2024. 12. 5.)

이매희

제39회 복사골예술제 백일장 우수상 수상(한국문인협회 부천지부, 2024. 5. 5.)

김태헌

2024 양평의병 콘텐츠 전국 공모전 당선((사)양평의병기념사업회, 2024. 6. 17.)

제43회 복사골 백일장 전국 공모 대상, 경기도지사상(부천문화원, 2024. 6. 27)

2024년 해남 행복에세이 전국 공모 대상(해남군, 도서출판 북산, 2024. 6. 29.)

편가만가만 부는 바람에도 흔들흔들하는 작은 촛불 같던 글이었습니다. 문우들의 뜨거운 피드백에 서투른 글귀들이 촛농처럼 흘러내리고, 굳은 감성이 말랑말랑하게 녹아버렸습니다. 방을 밝히는 동그란 불빛에 두 번째 문집을 펼칩니다. 2024 갑진년, 심지에 파르르한 불꽃을 일으켰던 글 다섯 편으로 내 마음을 전합니다. 2025 을사년, 주홍빛 촛불이 빨간 횃불로 옮겨붙어 활활 타오르기를 기대합니다.

[김애란]

수필공방문학회 동인지 제2집 출간에 행복합니다. 2024 제21회 〈부천 신인문학상〉 수필 부문 수상자로 상을 받아 놀랍고 기뻤습니다. 글쓰기를 시작한 지 몇 해 되지 않아 마음에 부담감이 앞섭니다. 신인 작가의 마중물로 생각하겠습니다. 깊은 샘에서 맑고 시원한 물이 와르르 콸콸 쏟아지도록 더욱 정진하겠습니다. 김태헌 선생님의 탁월한 지도력과 문우님들의 합평에 깊이 감사드립니다.

[박은실]

나에게 글쓰기는 치유입니다. 밥벌이하느라 꿈을 잊고 살다 어느 날 문득 글이 쓰고 싶었습니다. 습관처럼 글을 쓰다 보니 여기까지 왔습니다. 모난 성격은 둥글둥글 연마되고 나를 성찰하고 사유하게 했습니다. 글을 쓰면서 유독 나에게만 가혹하다고 생각했던 지난 세월을 뒤돌아보게 되었습니다. 가난하고 외로웠던 유년의 기억과 살얼음판을 딛듯 힘겨웠던 젊은 날들이, 나름의 의미를 지니고 소환되었습니다. 한 편의 수필로 완성될 때마다, 가슴 깊이 숨겨져 있던 아픈 기억들은 나를 떠나가고 마음이 점점 가벼워지더군요. 덕분에 글을 쓰며 치유를 경험하게 되었습니다. 가벼워진 마음으로, 지금, 이 순간의 삶을 충만하게 살고 있습니다. 글을 쓴다는 건 내가 거울을 보고 있는 것과 같다. 고인 물이 되지 않기 위해 늘 펜을 잡습니다.

[손도순]

내 추억의 편린이 책으로 엮어 세상에 내놓는 것이 민낯을 보이는 것처럼 부끄럽습니다. 그러함에도 누군가 제 글을 읽고 공감하며 상처를 치유하는데, 도움이 되고 힘이 된다면, 이 또한 보람 있고 괜찮겠다고 스스로 위로합니다. 아직은 무딘 글이지만, 마음속 깊은 곳에 있는 생각들을 오롯하게 끌어내면서 제자신을 마주 봅니다. 글을 쓰면서 지난 시간의 아픔을 삭이고 힐링되는 체험을 합니다. 함께 모여 합평하면서 격려하고, 따끔한 채찍이 되어주신 선생님들께 감사의 마음을 전합니다.

[윤은숙]

후한 첫눈으로 겨울은 인사합니다. 아직 가을의 갈무리를 다 하지 못한 나무들이 눈의 무게를 이기지 못해 버거워하는 풍경에 서둘러 한해를 갈

무리하며 '수필공방 문학회 동인지 2집'을 준비합니다. 척박한 산골에서 땅을 일구는 농부의 마음을 담습니다. 맨몸으로 땅을 일구듯이 호미로 땅을 파고, 울퉁불퉁, 뾰족뾰족 날이 선 돌 하나를 캐내는 호미질에 혼신을 담습니다. 나에게 수필을 쓰는 일은 내 안에 돌 하나 캐내어 웅그리는 것과 같습니다.

한 해 수필공방문학회 문우님들의 글을 함께 읽으며 행복했습니다. 정성으로 합평해 주신 문우님들께 감사합니다. 부족한 글을 다듬고 다듬어 '수필공방 문학회 동인지 2집'이 발간될 수 있도록 도와주신 김태헌 선생님의 노고에 감사드립니다.

'〈수필공방 문학회〉 동인지 2집 출간을 축하합니다.'

[이매희]

2024년 한 해, 서로의 글을 합평하는 과정은 마치 오래 가꿔온 정원을 함께 걷는 산책과 같았습니다. 정성껏 심고 가꾼 문장들은 꽃과 나무가 되어 곳곳을 물들이고, 물을 주고 가지를 치며 서로의 글이 한껏 피어날 수 있도록 마음을 기울였습니다. 이 정원은 우리의 글이 꽃처럼 피어나고, 나누는 마음이 깊이 뿌리내리는 소중한 공간이 되었습니다.

김태헌 선생님의 꼼꼼한 감수 덕분에 글은 한층 더 깊어지고 단단해질 수 있었습니다. 글을 매만지고 다듬는 시간은 고민의 무게와 설렘을 함께 나눈 귀한 여정이었습니다. 각자의 고유한 언어와 감성이 깃든 김애란, 박은실, 손도순, 윤은숙, 이매희, 이흥근 선생님의 글이 어우러져, 우리는 하나의 정원을 완성했습니다. 이 문집이 서로의 이야기를 나누고 기억을 공유하는 따뜻한 기록으로 남기를 바랍니다. 두 번째 걸음이 글을 읽는 모든 이에게 작은 위로와 공감으로 닿기를 기원합니다.

[이재훈]

세월의 흐름이 덧없이 **빠릅니다.** 벌써 수필공방문학회의 두 번째 문집을 발간하게 되어 감개무량합니다. 수필을 쓰면서 늘 어렵다고 생각했는데, 쓰면 쓸수록 어렵다는 사실을 새삼 느낍니다. 부족하지만, 합평하면서 조언해주고 격려해 주신 선생님들께 감사드립니다. 황소처럼 느린 걸음이지만, 열심히 읽고 습작하면서 자신을 돌아보겠습니다. 문우님들의 응원에 힘입어 한걸음, 한 걸음씩 나아가면서 울림 있고 감동을 주는 글을 쓰고 싶습니다.

[이흥근]

〈수필공방문학회〉 문우들과 뜻깊은 해를 보냈습니다. 바쁜 일상에도 정성들여 쓴 창작 수필을 읽고 합평하면서 느끼는 보람은 특별했습니다. 무엇보다 꾸준한 노력으로 멈추지 않고 글을 쓰면서 꿈을 키우는 문우님께 박수 보냅니다.

2024년은 제 글을 쓰기보다는 특별한 삶을 사셨던 분들의 책 출간에 도움을 주고 추천사와 서평을 써서 빛나게 해드렸던 시간으로 기억됩니다. 함흥에서 태어나 국군으로 6·25전쟁에 참전하였다가 인민군 포로가 되었으나 탈출하여 자유 대한의 품에 안기기까지 죽음의 문턱을 넘나든 94세 노병의 참전 수기인 〈전장에 두고 온 학생증(한희나, 지성과 감성)〉을 눈물과 감동으로 살폈습니다. 일제강점기 때 '3·1만세운동'으로 대구형무소에 두 분의 조부님이 투옥된 독립운동가 후손이 고난의 삶과 자취를 유훈처럼 쓴 자전적 수필집 〈바위떡풀(이광석, 가꿈)〉이 마음 깊이 각인되었습니다. KBS TV 다큐멘터리와 광고 PD로 재직하다 퇴직하여, 독특한 시선으로 세상을 읽는 삶의 에스프리를 쓴 〈니나노 이야기(김동학, 대양미디어)〉를 출간해 드리면서 글쓰기와 기록의 값진 의미를 깨달았습니다.

시간의 흐름이 잠시도 멈추지 않듯, 글쓰기도 멈출 수 없는 삶의 한 부분이며 운명임을 깨닫습니다. 회원들과 함께 합평했던 작품을 다시 살피며, 갈무리해 두었던 생각을 꺼냅니다. 글을 통해 돌아갈 수 없는 지난날의 추억과 사랑을 읽습니다.

[김태헌]

수필공방문학회 동인지 제2집

수필, 날다

초판인쇄   2025년 1월 13일
초판발행   2025년 1월 20일

지은이   수필공방문학회(김태헌 외 7명)
펴낸이   서영애
펴낸곳   대양미디어
책임교정   김태헌
디자인   조유영

주소   04559 서울시 중구 퇴계로 45길 22-6(일호빌딩) 602호
전화   (02)2276-0078
팩스   (02)2267-7888

ISBN   979-11-6072-140-9 (03810)

값   15,000원

*이 책의 내용과 〈수필공방문학회〉에 궁금한 점은
 김태헌(010-6271-1118, hunny5005@naver.com)에게 문의해 주세요.